Larvas

VOCES / LITERATURA

COLECCIÓN VOCES / LITERATURA 376

Nuestro fondo editorial en www.paginasdeespuma.com

Tamara Silva Bernaschina, *Larvas*
Primera edición: abril de 2025
Segunda edición: abril de 2025

ISBN: 978-84-8393-367-1
Depósito legal: M-3148-2025
IBIC: FYB

Editorial Páginas de Espuma
Madera 3, 1.º izquierda
28004 Madrid

Teléfono: 91 522 72 51
Correo electrónico: info@paginasdeespuma.com

Impresión: Cofás

Impreso en España - Printed in Spain

Tamara Silva Bernaschina

Larvas

ÍNDICE

Voy a seguir tus pasos como si fuese un espía
coser tu cuerpo con el mío en una cirugía.

DILLOM

MI PIOJITO LINDO

EL PROBLEMA no está en mi cabeza sino en otra parte. Yo sé, pero nadie me cree. A papá tampoco le creían y mi hermana nunca supo y ahora es muy tarde. A mamá no le gusta oír. A veces le cuento a Chicha, que es mi vecina y la encuentro siempre a la salida de la escuela, al sol, en la vereda de enfrente. A ella la voz le zumba adentro pero no habla y tampoco oye. Se quedó vegetal, dice mamá, aunque igual recibe, me parece, el movimiento de mis labios y de mis manos cuando le cuento de la luz y ella se agita como si le importara. Chicha me babea el hombro cuando me siento al lado suyo a advertirle, baba que te baba con zumbidos que me ponen nervioso y hacen que me vaya.

Mamá me ve cruzar la calle y me grita para que me apure. La veo ya con el cuaderno en la mano, sentándose en los escalones del frente de mi casa. Dejá de molestar a esa vieja, dice. Yo me río. Me hace gracia que mamá diga vieja. Mientras subo los escalones veo por la ventana mi túnica colgada en una silla y me acuerdo de esta tarde.

Mamá me despioja al sol. Dice que mi sangre es dulce porque siempre estoy llenito y que tengo que llevar el pelo atado para que los bichos de mis compañeros no se me suban a la cabeza. Y eso que yo me echo de mi perfume en la nuca y todo, digo, miento. Los piojos los revienta con la uña del dedo gordo y explotan en un sonido finito que me encanta. Le pido que me deje a mí también explotar uno y con mi uña siento el bulto contra el papel y aprieto y todo se llena de sangre. Pasa un ratazo así, humedeciéndome el pelo y después tajándome el cuero cabelludo con ese peine fino de metal que me cincha el pensamiento.

Aunque se ríe no me olvido. Porque ella intenta y me dice piojito, mi piojito lindo para que yo olvide esta tarde. Y yo le digo nomás mamá porque a diferencia mía que sí que parezco un piojo ella es siempre muy persona. Casi se muere de vergüenza mamá hoy temprano cuando la maestra la hizo llamar para decirle que estaba lleno de piojos. La vi quedarse bordó y no saber bien qué decir. La maestra la tranquilizó un poco pero después dijo lo prohibido. Dijo, capaz sería bueno cortarle el pelo al chico, para prevenir. Yo supe que todo se iba a poner mal cuando la maestra dijo eso. Mamá le dijo que imposible cortarme el pelo, que qué esperanza, que ella no tenía derecho a decir eso y que los piojos al fin y al cabo eran tan de ella como lo soy yo y que se meta en sus asuntos. Y a mí me enojó ese arranque porque la maestra es rebuena y los piojos son graciosos menos cuando mamá me pone veneno, que corren todos a la vez y me enloquecen la cabeza.

Después caminamos a la parada del ómnibus agarrados de la mano. Mamá fue a la farmacia a comprar un nuevo peine fino y veneno de piojo. Le dije que la maestra se iba a enojar conmigo por culpa de ella y mamá me miró fuerte y sin querer lloré. Llorar hace mal, dice mamá. Las lágrimas ácidas rompen la piel. Mamá llorar no llora. Papá lloraba y de tanta agua ácida se disolvió un día. La abuela dice que eso es mentira de mamá. Que la gente no se puede disolver.

Pienso a veces en uno de mis últimos recuerdos con papá. Fuimos hasta la Virgen y dijimos cosas bajitas. Mamá parecía que hablaba otro idioma, aunque yo era chico y tanto de idiomas no sabía tampoco. Papá no hablaba nada y se quedó afuera de la capilla con mi hermana. Si se hubieran quedado adentro. Lejos del resplandor del cerro. Pero no. Y no supo él, pero ahí prometimos una cosa. Mamá prometió y yo lo que hice fue ponerle el cuerpo a la promesa. Soy varón, pero no me corto el pelo porque con mi mamá hicimos una promesa secreta. Secreta, no. No digas secreta porque eso se presta a preguntas, dice mamá. Y aunque yo pregunto qué promesa hicimos a la Virgen ella no dice. Y si ella tiene un secreto también yo quiero tener el mío.

Soy varón, pero no me corto el pelo porque con mi mamá hicimos una promesa. Soy varón, pero no me corto el pelo porque con mi mamá hicimos una promesa, y mi mamá tiene un secreto y yo tengo otro.

Cuando me suelta tengo el pelo casi seco y muy lacio. Digo que voy a sestear un poco. Mientras me alejo mamá me llama. Es elástica la voz de mamá porque antes de que termine de decir mi nombre yo ya me di vuelta a buscarla. Mamá me dice que espere y se va para adentro. Me deja en el escalón, al último solcito de la tarde. Vuelve con el frasco de aceite de coco y me masajea el pelo un rato más. Me da sueño de verdad ese masaje en la cabeza. Qué cansador estar piojoso, digo, y mamá se mata de risa. Esa es mi señal. Entonces sí. Digo que voy a sestear un poco, corro derecho al cuarto y cierro la puerta despacio. Me hinco y de debajo de la cama saco el bollón que me regaló la abuela hace años. Antes estaba lleno de caramelos, pero ahora está lleno de pelo y piojos.

Mis mechones parecen más claros a través del vidrio. Miro de cerca. Los piojos andan de pelo en pelo y en el fondo hay una borra de bichitos muertos. Descubrí que no aguantan mucho porque no comen mechones, como pensaba, sino que me comen de la cabeza y todavía no sé darles de mi cuero cabelludo sin hacerme doler.

Aguanto el aire en los pulmones un segundo para adivinar dónde está mamá. La oigo respirar y rascarse la rodilla. Confío en que sigue sentada en el frente, al sol. Me abro el pelo y dejo caer piojos de vuelta a la cabeza. Cierro el frasco y con las manos masajeo bien para que entren a lo profundo y nadie se dé cuenta.

Una vez probé a ver si sirven mis piojos en el Scubi, pero me pareció que no, porque él tiene los suyos por naturaleza. Pulgas. Las pulgas suyas sí sirven en mí, pero no me gustan porque pican y me dejan ronchas rojas y mamá cuando me las ve me pone una crema rosada que huele inmundo y me prohíbe rascarme, y hace que el Scubi duerma solo afuera.

También al Scubi cuando le ponen el veneno de pulga ellas le enloquecen el cuerpo y corre y se refriega en la tierra y en el sillón hasta que se le mueren todas y ahí recién se queda tranquilo y duerme.

Miro a mis pequeñitos. Los pongo al sol, por la rendija de luz que entra por la ventana y da sobre la mesa, para que hagan fotosíntesis. Piojitos, piojitos negros, culones, hinchados en sangre. Cómo los quiero.

Mamá misterio. Yo, niño piojo. Mi hermana, lejazo. Mi papá disuelto en agua ácida de tristeza.

A papá mis piojos le daban asco. Odiaba vernos a mí y a mamá sentados en los escalones del frente de casa, con el cuaderno abierto y el peine fino en la falda, meta reventar los bichos contra la hoja arrenglonada. Una vez papá me quiso poner de la nafta de su bici mosquito en el pelo para matar mis piojos. No me gusta el olor de la nafta. Me dijo que a él le pusieron de chiquito y nunca más tuvo, y que eso iba a ser cortar el problema de raíz. Yo corrí a contarle a mamá y ese día se pelearon y papá se fue en su bici mosquito traqueteando en la noche. Volvió a las horas. Mamá no oyó, pero yo sí, porque soy sensible a los sonidos y siempre oigo cuando alguien viene. A mi hermana no se la habían llevado todavía y durmió bien toda la noche.

La bici mosquito de mi papá era especial. Un motor pegado al cuadro que lo dejaba andar para arriba y para abajo sin hacer ningún esfuerzo. Papá, una persona como mamá arriba de una moto insecto. Mamá le decía terraja cuando tenía que hablar sobre su invento. Después decía que no era invento, que mi padre no inventó nada y que las bicis mosquito existieron siempre. Son raras las cosas que se dicen al revés, porque papá sabía de las luces y ahí sí mamá dijo que eran un invento de él. De mi papáagua como jugolín sabor melancolía, que nunca inventó nada, pero sabía mejor de algunas cosas. Cuando no estuvo más vendimos su bici insecto y con esa plata mamá compró las cortinas antiluz y un pollo al spiedo entero que nos duró casi un mes.

El pollo no me gusta porque a veces muerdo tripa y me doy cuenta de que el pollo es cadáver de gallina. Papá me decía que no jodiera y terminara de comer porque hay niños que no tienen nada. Mamá cuando digo sobre el asco parece que llora y me retira el plato. Pero no me reta. Desde que vinieron es distinta y no grita ni pega. Es distinta mamá y no sé si me gusta.

El fin de semana me encanta porque no hay escuela y puedo jugar en el fondo, entre los yuyos, donde nadie ve. En mi fondo crece un pasto grueso que corta la piel. Un día lo agarré entre los dedos, al caminar por al lado y se me abrió un tajo hondo que sangró varios días, porque la cascarita de la cicatriz se me vivía arrancando. Mamá aprovecha el fin de semana para lavar ropa, uniformes y sábanas. Hoy me lavó las mías para tratar de que mis piojos se vayan para siempre. Como mi hermana y papá. Voy hasta la cuerda y camino entre las sábanas húmedas que se me pegan en la nariz caliente y no veo nada más que blanco y algodón y fresquito en la cara colorada. Olor a jabón, al suavizante azul más rico de todos y a limpio sin piojos.

Encuentro a mamá sentada en el sillón, de espaldas, hablando por teléfono. Habla de Chicha. Dice, bajito, pero cómo va a desaparecer si no podía ni moverse. Ese pedazo de conversación me entra al cuerpo y me hace temblar los dedos. Vuelvo derecho al fondo y los meto en la tierra suelta alrededor de los pastos que tajean la carne. Me pica la cabeza. Hundo las uñas en el cuero cabelludo y rasco, rasco, rasco. También zumbo, mmmmmmmmmmmmmmmmmmmmm, zumbo como zumbaba por dentro Chicha, para ver si me olvido de la sensación de escucharla a mamá.

Funciona. Me distraigo con unas isocas que desenterré sin querer, en mi amasado de tierra. En la escuela la maestra llevó y nos dijo que de esta larva salen los cascarudos que tienen cuerno. Están siempre enrolladas sobre sí mismas, como jorobadas. Pongo las dos que encontré sobre mi palma y las miro de cerca. Intento estirarlas, desarmar su forma redonda metiendo el dedo en el espacio del centro, lleno de patas. Pero apenas largo mi tacto, vuelven a su forma de antes. Los cuerpos blancos, blanditos, y las cabezas coloradas y duras. Ya no zumbo y toco isocas por el resto de la tarde.

Mamá, distraída, revuelve el guiso en el tacho. Cuando la encuentro así, como ida, la sorprendo y me hago el que no sé. La promesa que hiciste es por ellos, mamá. Digo. Cuando hablo de la promesa mamá me hace callar y me suena los dedos de las manos y los pies. Te voy a sacar todas las mentiras, mentiroso. Dice. Y me empuja de espaldas en el sillón, me aprieta las piernas con los brazos y me hace sonar todos los dedos. La abuela me dijo que me los vas a dejar todos deformes de tanto cincharme. Le digo.

Tu abuela no sabe nada, dice mamá.

Grito cuando me cincha porque siento adentro cómo se me salen los huesos al sonar, aunque después vuelven a su lugar. Me da miedo que un día se salgan y no vuelvan como mi hermana que se la llevaron al cerro. Pego patadas, me muevo como un gusano. Nada de eso sirve para algo. Mamá no para hasta sonarme todas las mentiras, de los pies y de las manos. En los pies nomás me cincha, pero en las manos además de tirar me dobla los dedos hacia el centro de la palma y me aprieta el huesito de arriba de la uña. Todo suena. Y todo hace doler.

Quedate quieta, dice mamá. Quietita, quedate.

Me da por decirle fuerte, para que escuche, *quieto, quieto, quieto*, porque no me gusta que me diga como nena porque yo soy varón, pero no me corto el pelo porque con mi mamá hicimos una promesa.

Cuando termina de hacerme sonar me abraza y dice, perdoname, mi niño lindo. Y yo perdono siempre. Desde que se llevaron a mi hermana es que yo perdono. Porque ahí es que a mamá le entró la rareza. Yo sé que no salimos de noche por las dudas. Por si vuelven por mí. Cuando se va el sol ella cierra todas las cortinas, tenemos unas cortinas pesadas ahora, que reflejan luz y no permiten ver para adentro. Prendemos la tele y miramos el noticiero. Las noticias aburren. Hay siempre accidentes, a una mujer se la comieron unos perros gigantes y gente que se muere y se pierde y no vuelve más. Mamá mira atenta y eso la embobece, dice la abuela. Que el noticiero te contamina la cabeza. A mamá a veces no le digo las cosas que me dice la abuela porque nunca le gusta nada.

Mamá no entiende cómo es que me agarro los piojos. No sabe de mi criadero. Y yo no sé de la promesa de mi pelo. Pero sé de mi hermana. Y sé que mamá tiene miedo que vuelvan por mí o por ella. Nunca dice pero sé porque cualquier luz de noche la pone ruidosa. Pero yo me acuerdo de ese día. De los peludos, que no tenían forma de persona como mamá ni forma de niño piojo como tengo yo sino de otra cosa medio invento, que bajaron de la luz y en luz se llevaron a mi hermana y la metieron por dentro del cerro a la oscuridad violeta de la nada. Mamá dice que eso fue un milagro. Que la luz es siempre milagrosa. No entiende todavía nada. Ni de los piojos ni de los socotrocos invento que se llevaron a mi hermana. Es tan de noche. Tan de noche que hasta el Scubi duerme. Qué pena que el Scubi duerma. Él podría ladrar. Qué pena que mamá duerma. Que Chicha nomás pudiera zumbar. Y que yo me haya despertado. Qué pena, mamá, digo bajito mientras las luces inmensas que yo sé que disuelven materia como las lágrimas y el milagro entran por las ventanas y alumbran mi frasco de piojos sobre la mesa.

No acampar ni abordar

Tenés que ir a Iruya. Eso dijo Joaquín antes de que separáramos caminos en la puerta del hotel. Los transportes salen desde Tilcara como a las doce del mediodía. Compro un pasaje de ida y espero sentada en la terminal con un grupo de mochileras que, dicen, luego de Iruya van hacia La Quiaca y más tarde a Bolivia, y luego quién sabe. Mi destino final es Iruya, les digo. Tilcara ha sido mi casa estas últimas semanas. De noche la plaza se enciende y suena música y Joaquín se suma, se sumaba, con su charango. Las calles de Tilcara me las sé de memoria. Hace falta ser extranjero en un lugar para que la hiperatención haga lo suyo. En este lugar no necesito GPS, como si un sentido de la orientación que no tuve nunca se me hubiese despertado.

Joaquín decidió volver a Chile porque extraña a su polola. El otro día soñé que ella estaba embarazada y no le dije nada para que viaje tranquilo. No es bueno que yo le hable de embarazo. Las mochileras me preguntan si es que pienso quedarme en Iruya por mucho tiempo y les digo que no, pero que tampoco sé cuándo me voy a ir. Mirá que no hay mucho para hacer allá, dice un vendedor de maíz que espera con nosotras. Pienso que no me importa, igual tampoco hay nada para hacer allá de donde vengo. Todo terminó o se murió y al volver solo queda reconstruir y buscar rastros de cosas que fueron. Así que reafirmo que no, no sé cuánto me voy a quedar.

El ómnibus es viejo, hace ruido y los asientos están sucios y rotos. Me siento en la ventana, al principio sola y luego con una mujer de amplia pollera colorida. Me encanta. Hablamos de que es época de lluvias pero que llueve poco. De mi vida en las sierras y la suya en Humahuaca. Me habla del peligro de los desprendimientos sobre algunos caminos. Del litio. De los deslaves que cubren valles enteros y me convida con una tortilla de cordero. Yo le regalo un chicle de frutilla y un alfajor que guardé hasta ahora en el bolsillo chico de la mochila. Isabella, se llama. Se despide de mí en la entrada de Chaupi Rodeo, un poblado pequeñito que vadeamos enseguida. Un puñado de casas de barro, vacas, vicuñas y perros. Te faltan casi treinta kilómetros, me dice, antes de bajar.

De a ratos el paisaje cambia. Desaparece la montaña cuando la ruta trepa por ella y no hay nada más alto que esto que veo por la ventana. Cuento los altares al Gauchito Gil. Nueve hasta Iruya. A la Difunta Correa, solo uno, lleno de botellas, en el límite entre Salta y Jujuy, a cuatro mil metros de altura. Cuando nos metemos dentro de la montaña, me mareo. No puedo mirar hacia arriba porque todo lo que veo por la ventana es tierra y piedra. Los muslos de la cordillera.

El paisaje es marrón y amarillo, en los valles verdean los yuyos y el agua brilla con el sol del mediodía. Poca agua. Muy poca. Hilitos apenas, en grandes lechos fluviales vacíos.

Iruya se parece a un sueño. Una ciudad incrustada en la montaña.

Me aloja Armando. En una panadería me redireccionan a él. Cuando entro, la mujer detrás del mostrador se hace cargo de mi destino. Dice, dejame los bolsos mientras salís a recorrer. Armando está con los animales ahora. Vuelve de tarde, a las siete, y ahí te lleva a tu cuarto. Le agradezco. Tengo hambre, sed y calor. Ella me ofrece un vaso de agua con limón y una empanada. La como parada, revisando mi celular. Apenas hay señal. Mejor así. Cuando trato de pagarle, me dice que no. Que lo considere la bienvenida. Se presenta. Ignacia.

Se inclina sobre el mostrador para saludarme. Le digo mi nombre. Le gusta. Lo repite dos veces y me dice que no conoce a nadie que se llame así. Ahora conocés, le digo, antes de salir hacia la calle.

Almuerzo un guiso de porotos y carne de alpaca en el restaurante de un hostal. Hace tres meses seguía siendo vegetariana, entre tantas otras cosas.

Pienso que Iruya parece un invento. Las calles son empinadas. Allá abajo, el hueco vacío del río. Arriba, la montaña, el cielo, las nubes, el silencio. La iglesia, el camino hacia la cascada, la plaza con los artesanos.

La zanja del río divide el pueblo. Cruzo el puente largo una mañana. Las tablas crujen a mis pies. Abajo, piedra y más piedra. Del otro lado, el club deportivo y más casas. Me siento al borde de una cancha de fútbol a ver jugar a un grupo de niños. Deben tener siete u ocho años. Me parece que juegan bien. El niño gordo del arco se cae al piso y sale hacia el costado de la cancha. Lloriquea mirándose el codo. El resto de los niños me miran. Quieren que sea golera. Me molesta que me inviten así, con urgencia, a los gritos. Les digo que si juego al fútbol se me salen las rodillas. Sirve asustarlos con eso porque dejan de insistir y terminan el partido.

Jugué toda la tarde a tirarle una piedra a un perro. Mastica y parte y parece que rumea o vomita tierra y polvo. Le puse Rumi y él no entiende. Me dio un poco de pena. Después de un rato le pegué con el cascote en la cabeza y se fue aullando. Fue sin querer, pero te pasa por apurarte, le grité mientras se iba montaña arriba.

Le pasa por ser más rápido que la velocidad de la piedra.

Hace dos días que después de desayunar el café y el pan casero que Armando me deja junto a mi cuarto, voy a caminar por el medio del falso río. Me pregunto cuándo va a llenarse. Cuándo el agua va a ocupar toda esta distancia que recorro cada mañana. El agua acá es cristalina y helada. Así es el agua de la montaña, me dijo Ignacia la otra noche, cuando le conté sobre mis caminatas por la ribera. Helada y transparente, agregó. Impredecible, también. Peligrosa, a veces. Si te quedás lo suficiente, a lo mejor lo ves lleno. Le digo que todo dependerá de Armando y su paciencia. Ella se ríe y me dice, que eso ni te importe. Eres la única huésped esta temporada.

Me alegra. Tengo toda la casa para mí.

Me gusta ella. Ignacia. Su cara y su forma de decir mi nombre. Me gusta decir el suyo y apretar la N con la lengua contra mis dientes antes de dejar salir el resto de los fonemas.

De noche, el frío baja de la montaña. De día, la humedad se levanta junto a la temperatura.

El tercer día Ignacia me despierta antes que Armando. Me golpea la puerta del cuarto y me levanto asustada por el ruido inesperado. Entreabro y la veo con mi desayuno en las manos. Me dice, vamos a comer a la montaña. Le digo que me dé cinco minutos para calzarme y lavarme la cara.

A las seis de la mañana el pueblo aún duerme. Una densa niebla flota sobre las casas y el frío atraviesa las ventanas. Me abrigo bien y me encuentro con Ignacia en las escaleras de la entrada. Metió todo en un morral y se lo colgó al hombro. Cuando me ve, avanza calle arriba sin mirarme. La sigo, tratando de regular mi respiración para poder aguantar su ritmo.

Cuando se terminan los adoquines, seguimos subiendo por un camino de tierra suelta que se incrusta en la montaña. La niebla, cada vez más densa, apenas me deja ver el pelo negro de Ignacia, unos metros más arriba. Toda ella desapareciendo en la niebla parece una fantasía. Me silba cuando me detengo. No puedo más, le digo. Silba varias veces, desde el más allá. Espero. Respiro hondo, forzando el oxígeno hacia adentro, y retomo la marcha.

Lo que veo es hermoso, aunque sea poco. Pedregullo rojo, pastizales verdes y amarillos, el sonido de algunas ovejas. Más allá de la blancura de la nube, un mundo de misterio.

La niebla pierde densidad después de un rato. Estamos más arriba. Eso parece. Abajo, una masa grisácea se torna naranja por el sol que asoma entre las montañas. Ignacia se sienta en una piedra y abre el morral. Me llama con un gesto. El pelo que cae alrededor de su cara se le pegoteó, húmedo, en mechones finos. Me toco la cara helada y noto que también mi pelo está mojado. ¿Te cansaste?, me pregunta. Tengo que respirar hondo antes de decir que sí, con un sonido ahogado de pulmones con poco aire. Le pido espacio en la piedra para recostarme bocarriba. Ella se ríe. Es una carcajada que hace eco en el vacío. Cierro los ojos y oigo esa risa retumbándome dentro del pecho. Noto el calor subiéndome a los cachetes y el sudor frío debajo de la remera térmica. Sí, repito, y siento un pedazo de pan sobre los labios. Abro la boca, aún con los ojos cerrados. Como y trago. Está tibio todavía. Prefería agua, la verdad, bromeo. Ignacia se vuelve a reír y yo, de ojos cerrados, tratando con todas mis fuerzas de normalizar mis latidos y mi respiración, siento cómo apoya sus labios sobre los míos. No es un beso. No. Es apenas un roce. Con la lengua me obliga a aflojar la tensión de la mandíbula y siento cómo deja gotear agua de su boca dentro de la mía. Trago con dificultad. Sigo agitada. A la taquicardia se le suma otra cosa. Ella se retira riéndose. Abro los ojos. Me hace un gesto que no entiendo del todo, como diciendo, qué te pasa.

No sé qué me pasa, Ignacia.

Nos quedamos sentadas mirando el pueblo hasta que la niebla se retira y el sol está más alto en el cielo. Las montañas del otro lado del río tienen un color distinto, y una especie de tajos las recorren de forma vertical. Tajos verdes por donde baja el agua helada de la cima. Hay ovejas cerca. Las sigo escuchando. También oigo una música lejana y viento helado.

No sé por cuántos días más Ignacia me levanta antes de que salga el sol para llevarme a la montaña a beber agua de su boca. La acompaño siempre. A veces también viene Armando. Si viene Armando, cada cual come y toma lo suyo, sin compartir. Armando sube con sus burros. Son dos. Se llaman Unay y Sami. Sami es mi favorito porque le hablo y parece que entiende. Ignacia dice que los animales son iguales a las plantas y a las piedras. Que todos son materia vibrante ensamblada. Me gusta que diga eso y que Armando le diga, dejate de mentiras, Igna. Unay es ciego de nacimiento y pasa sus días amarrado a Sami. Sami entiende todo. Como Ignacia.

Desde que llegué escucho una correntada que está en otra parte. Me pregunto de dónde viene. Estos hilitos tristes de agua no hacen ese ruido. Ni siquiera lo hace la cascada que vi el otro día. Ignacia dice que es el viento, que no es agua. Que parece agua por el eco que hace todo en este valle.

Iruya muere a las siete de la tarde. El sonido de la montaña es hondo. Los colores también. Hay algo profundamente hermoso en este cielo. Algo distinto. Algo que me gustaría nombrar.

Ignacia me conduce montaña abajo hasta la cascada que vi anteayer. Es temporada de lluvias, pero el río Iruya sigue casi seco. Hay un cartel en medio del camino. Nos obstaculiza el paso. PELIGRO. NO ACAMPAR NI ABORDAR EL RÍO. PROTÉJASE. Me río de la última palabra. Me pregunta que si acampé alguna vez y le digo que sí, que muchas veces en Santa Teresa. Ella no sabe dónde queda Santa Teresa y le digo que en Rocha, pero esos nombres no le significan nada. Un cartel nos hace desviarnos. COMUNIDAD INDÍGENA DEL PUEBLO KOLLA. FINCA EL POTRERO. TERRITORIO INDÍGENA. PROPIEDAD COMUNITARIA PRIVADA. Nos metemos por una grieta de la montaña y llegamos a una piedra chata en la que nos podemos sentar. Vemos lo que las montañas y la niebla que ya está bajando dejan ver. Las luces encendidas. El murmullo bajito de la cascada que suena no por la cantidad de agua sino por la altura desde la que cae.

Ignacia se acuesta bocarriba. Las manos sobre el vientre. Me pregunta si Santa Teresa es lindo. Le digo que sí, pero que siempre está lleno de gente, sobre todo en verano, cuando voy a acampar, y que está lleno de voces. Le digo también que este es el lugar más hermoso en el que estuve nunca. No miento. Trato de buscar fotos en internet, pero la señal no llega a cargar una imagen. Busco, en mi galería, fotos del verano pasado. Le muestro. Se ríe. Me dice, acá es más lindo. Tiene razón.

Me acuesto de costado y le miro la cicatriz de la frente. Me mira. Nos damos un beso otra vez. Los días que no hablamos mucho, nos besamos. El olor de la montaña lo tiene impregnado en la ropa.

Mis días en Iruya se reducen a caminar con Ignacia. A hablar con Ignacia. A dormir con Ignacia. Me pregunta cuándo me voy a ir. No sé, digo. Armando me dijo la otra noche que puedo quedarme cuanto necesite.

Le estoy pagando lo mismo que al llegar y hay semanas en las que ni siquiera quiere aceptarme el dinero. Le gusta que le cuente de mi vida en las sierras. Todas las noches lo acompaño al corral y mientras encierra a los burros le hablo de mí, de mi hijo, del campo.

Cuando Ignacia tenía cinco años, se dio la cabeza contra el borde de una piedra y se abrió la frente. La cicatriz que tiene sobre las cejas es el recuerdo de esa caída. Me lo contó Armando. Me dijo que Ignacia no se acuerda del golpe, pero él sí porque fue la primera vez que creyó que su hija se moría. Le pregunté cuáles fueron las otras veces, pero se quedó serio y no me quiso contar.

Una tarde, Armando me pide que camine con Unay porque Sami está empacado. Dice, no se quiere mover y si él no se mueve no puedo largar solo al Unay. Le digo que sí. Me entrega las riendas y salimos calle abajo. Me imaginaba que Unay sin Sami sería torpe, bruto, asustadizo. Me sorprende la delicadeza con la que camina apenas unos pasos detrás de mí, sin pecharme. Su tranquilidad también es inesperada. Sus cascos suenan contra la calle de adoquines. Clac clac, clac clac. Me encanta ese sonido. Es hueco, como todos los ruidos de la montaña, como si una parte de las ondas acústicas se quedara atrapada siempre en otra parte. Llegamos a la cascada. El paso angosto hacia un lugar al que no he entrado ni entraré, la propiedad comunitaria privada. Doblamos por el costado del hueco del río y Unay se pone nervioso. No hay ruidos y tampoco hay cambios significativos en el camino. Pero se frena de golpe y rebuzna fuerte. Me asusta y tengo el impulso de soltar las riendas. Pero pienso en respetar su miedo incomprensible para mí. Volvamos, Unay. Digo. Tiro despacio de la cuerda. Vamos, vamos con Sami. Mi voz lo tranquiliza. Me doy cuenta por cómo respira. Miro atrás en un último intento de identificar qué cosa lo asustó. Río vacío, nada. No veo nada.

La piel de Ignacia, fría y áspera como una piedra.

Cada dos días voy a la terminal para usar el internet libre y comunicarme con mi familia. Estoy bien, le digo a mi hermana, y le mando fotos que he sacado de la montaña, de Sami, de Ignacia, selfis en mi cuarto de paredes de barro. No espero a que responda. Me basta con hacerle saber que estoy viva.

Una noche, Ignacia me hace meterme una piedra a la boca. No me obliga y dice, si querés, si no querés, no. Yo acepto. Con los dedos me tantea el paladar y cierro los labios alrededor de ese tacto. Me mira. Con la lengua le hago círculos alrededor de los dedos. Los envuelvo en saliva hasta que me dice que abra la boca. Entonces agarra la piedra. El sabor áspero de la tierra me hace toser. Estamos en un hueco en la montaña. Me mete la mano por debajo del short. Me separa un poco las piernas. Me cuesta hablar con la piedra entre los dientes. Me gusta eso. No hablar. Babear por las comisuras de la boca y no poder hacer nada para que la baba no me moje la remera.

Anoto en mi diario, hoy hace un mes que llegué a Iruya y no extraño nada. Solo a Ignacia cuando no está. Y a veces el aire fresco de las sierras.

La sigo. Hago lo que me dice. Me acuesto en el medio del cauce del río. Ella se sube encima. Hunde las manos en los hilos de agua que corren por mis costados y con esa humedad helada me toca la cara. Traza líneas desde mi frente hasta mi cuello, pasa por el costado de mis ojos, el borde de su uña parece hacerme dos tajos en ambos lados de la cabeza. Me erizo. Migraña andina. La incomodidad de las piedras en mi espalda se me olvida de a ratos. Mi cuerpo se amolda al suelo. El peso de Ignacia sobre mí ayuda. También ayuda que estas piedras sean curvas, lisas, que estén deformadas por un agua invisible que parece no haber estado nunca.

No sé cuánto tiempo estamos así. Ella sentada sobre mi vientre, mojándome con esa baba sabor tierra que le siento desde el día de la piedra. Tierra. Antes era algo que no podía nombrar. Pero después supe. Lamer la montaña se parecía mucho a lamer su lengua. También sé que ese es el olor de su ropa. Tierra y madera. Montaña. Cuando me muerde, también hay sabor a sangre. Pero eso es algo que conozco. El metálico amargor que corre por dentro de las cosas.

–Me quiero quedar acá para siempre –digo, con torpeza. Rompo el hechizo del agua y la niebla de esta noche. La luz nocturna de la montaña. El silencio– con vos acá –le agarro las caderas y me río cuando se incorpora. La veo sacándose el pelo de la cara. Tiene una sonrisa en su boca de tierra.

–Y quedate –dice– quedate.

Oigo agua. Hace un mes que oigo agua, pero ahora más que un eco es una presencia. Algo que corre y viene cerca.

–Ignacia, agua, por fin.

No me responde. El viento helado de la correntada me da en la cara.

–Escucho agua. Ignacia, agua.

Eso digo. Su cuerpo se ensancha sobre mí y siento que me quedo sin aire. Me pregunto si es o no es alucinación. Creo que no es porque siento dolor también. Las piernas de Ignacia me envuelven de una forma que no entiendo. Se vuelve dura. Los muslos. Los brazos. La cara. Toda ella pierde expresión a medida que el sonido a agua se hace más fuerte. La veo, pero no sé lo que veo porque el viento rastrero que se levantó con el sonido me llenó los ojos de arenilla. Hago fuerza por levantarme. Fuerza de verdad. Fuerza como la que no hice nunca.

No me muevo nada. Ignacia, rígida. Creo que lloro porque el ojo se me limpia y veo algo último. Grito de dolor. Ignacia, gris como una piedra. Mejor. Ignacia. Piedra. Pedruzco. Toneladas de minerales sobre mis piernas que ya no son piernas sino tripas. Alucinación no es. Ignacia tampoco es. Veo a mi pedruzco, Ignacia, Ignaciapedruzco sobre mí antes de que el agua embarrada que baja por el hueco de la montaña me cubra entera, a mí, que soy nomás ahora tejido blando disuelto en el agua de la montaña.

1

La venda de los ojos es una chalina fina que la madre nunca usa, aunque es brillante y hermosa. Se la atan dándole dos vueltas sobre los ojos y luego la aseguran con un nudo en la nuca. Para marearla la giran diez veces, hacia un lado y hacia el otro. Después, le piden que cuente hasta cinco, quieta en su lugar, y corren por la casa para encontrar un escondite. La ven tambalearse de acá para allá, con las manos abiertas hacia adelante; parece boba. Así es que empieza cada ronda. La Josefina pregunta si ya están listos y todos dicen que sí a la vez para desorientarla, a ella le llega el sonido de todas las direcciones y entonces es como si no le hubiera llegado nada. Empieza a caminar, con los brazos extendidos, se mueve como se movería un sonámbulo en una película. No habla, trata de agudizar el oído, ecolocalizar a sus amigos y tocarlos con las dos manos para ganar el juego.

Los demás niños cierran los ojos y piensan en catástrofe y en dolor y en sus mascotas, padres y abuelos muertos, todo para que la carcajada no se escape. Esa es la única forma de poder quedarse serios, aunque después sientan culpa por matar y degollar y atropellar en fantasía. Duele la panza por aguantar y aunque cierran la boca parece que la risa sale por los poros, por todos los poros que se abren, millones de bocas microscópicas sudando risa bajita que vibra en el living y suena a motor lejano que no arranca. Están desparramados: bajo el sillón, detrás de la cortina de la ventana del frente, en el huequito que hay debajo de la mesada, entre los taburetes, abajo de la mesa.

Josefina avanza con los brazos para adelante. Es esa la gracia del juego. Se queda quieta. Escucha. El gesto detenido de su amiga les da risa. Lucas deja escapar un ruido mínimo de carcajada y Josefina se da vuelta en su dirección, medio encorvada, para darle dramatismo. Ese gesto es terrorífico. Rápido. Predador. El corazón les late fuerte a todos. Empieza a caminar y a pesar de que el niño quiere salirse de su escondite, volver a la protección que le daba el silencio, roza una bolsa de plástico y la primera mano le agarra el brazo. Grita de excitación y Josefina no duda. Le apoya la otra mano sobre el pecho, que da electricidad estática contra la lana del buzo de Lucas. El chispazo suena fuerte, los dos lo oyen, y entonces el niño es eliminado, y mientras pierde también grita, me electrocutaste, tarada.

La ronda se reanuda. Milena cambia de posición y se mueve lento hacia un rincón más alejado. Se preocupan recién cuando Josefina da la vuelta al sillón. La cercanía con el fuego no les parece buena en ese estado. Hasta Mimi se despierta de su siesta y camina rápido hacia donde está su dueña. Ladra. Josefina la hace callar amenazándola con el brazo en alto y la perra baja las orejas que antes estaban alertas y rígidas. Ninguno quiere perder, pero Milena hace un ruido a propósito, como aclarándose la garganta, para alejarla de la estufa. Le raspa la saliva dura y hace un gesto de asco. Porque no pasó nada, pero algo en la panza se siente mal. Como si tuviera nervio. Josefina se gira, rápido, siguiendo el sonido, pero su pierna torpe, la derecha, que fue siempre un poco más larga que la izquierda, se engancha con el borde de la estufa. Tropieza. Se va hacia adelante. Cae de cabeza. Pelo, piel, ropa, carne. El olor a quemado se expande en la sala en un segundo y llega al cuarto en el que duermen la siesta los padres, junto con el grito aguado. Mimi se abalanza a su dueña y ladra, ladra, ladra.

Después, madres corriendo y gritando y ambulancia y hospital y retos y culpa y llanto y castigo eterno. Los niños tratan de recrear los momentos del después del miedo. Lo que escucharon en el pasillo del hospital son solo palabras sueltas que no terminan de relatar ningún evento: tercer grado, quemada, operación, cieguita, reconstruir, carita arruinada, pobrecita, desgraciada. Escucharon también algo más que les pareció una mentira. Que iban a llevar a Josefina al Centro Nacional de Quemados para *hacer lo que se pueda*. Nunca escucharon hablar de ese lugar y pensaron, todos, que no hay tanta gente quemada como para que haya un lugar solo para quemados, y que eso seguro indicaba la mentira que la madre de la Jose andaba contando porque sin querer le arruinaron su chalina hermosa, cuyos restos tuvieron que despegar de la cara de su hija.

***

El hermano la mira. El primer día en el que Josefina vuelve a la casa, él se asusta tanto que lloriquea y su madre lo reta. Hasta la Mimi la desconoce al principio y le ladra con el lomo erizado, hasta que su padre le pega una patada y ella aúlla y se queda afuera, en el patio. La madre lo obliga a abrazar a su hermana y las lágrimas se le pegotean al cuello de Josefina, que apenas le devuelve el abrazo. A la madre le pregunta en la noche, cuando todos ya se durmieron, si es que a su hermana se le va a curar la cara. La madre lo abraza y no le dice nada. Él piensa, qué raro.

También Josefina está rara. Ya no le dice más *qué me mirás, feo*, aunque él no haga otra cosa que clavarle los ojos en la piel desconocida de la cara. Además, ya no va a la escuela ni juega ni canta. Aunque para él, las cicatrices son lo peor. Dan asco. Asco es una palabra que él conoce, aunque es chico. Las letras le abultan en la boca cuando mira a su hermana, que ya no puede devolverle el gesto. Porque las cicatrices dan asco. Y el asco es algo que se aprende temprano.

***

A los niños no los dejan verla. La madre de Josefina dice siempre que está dormida, que se está desinfectando las heridas, que no tiene ánimos. Pero los niños insisten. Se clavan en la puerta por horas, golpeando las palmas y esperando algo, un aviso, una ventana entreabierta, un saludo, un permiso para entrar y verla. Pero no. La mamá de Mile dice que así es mejor, que no hay que andar rogando. También dice que es absurdo el ocultismo, y que un juego es un juego y no se puede culpar a los niños porque ellos no tienen la culpa de nada.

Un día vieron cómo la subían al auto. El enjambre de ojos posados en el borrón del cuerpo ocultado a medias por un poncho con capucha. No más vestidos ni ropa linda. La Josefina reducida a un cuadrado de tela marrón. Todos juntos levantaron la mano en un saludo, pero su madre la metió rápido en el auto y eso fue todo. La última vez que pudieron acercarse a un avistaje.

2

La Mimi nos traía el olor del humo. Parecía que en la casa de ellos el fuego no se hubiese apagado nunca. Nos turnábamos para olerla. Hundíamos las narices en los pelos negros y duros del lomo y ahí estaba la llamarada, la piel chamuscada y el plástico derretido contra el hueso. A la perra le hacía gracia la ronda que se armaba contra ella, cabezas hundiéndose en su pelaje, y movía la cola y volvía sin falta, al menos una vez cada semana. Nosotros zumbábamos alrededor de la casa de la Josefina, con culpa, pero cada vez con más curiosidad. Una rendijita abierta de alguna cortina era motivo suficiente para organizarnos en una guardia incansable.

Pero Josefina no aparecía.

Después de las vacaciones de invierno la escuela volvió y todo el mundo preguntó por ella y nosotros no dijimos nada, porque así nos dijeron nuestras madres que teníamos que hacer. Ni una palabra, ordenaron. Y ni una palabra dijimos, aunque nos mirábamos cuando alguien preguntaba, tosiendo o tirando un lápiz para desviar la atención.

Yo extraño a Jose más que el resto. Dice mamá que eso es porque los demás son varones y que los varones sienten menos. Pero fui yo la que hice el ruido para alejarla de la llamarada. Y no sirvió. Y eso me hace doler la panza de noche y vomitar cuando me levanto, de nervios por encontrarme a su madre o a su hermano o a alguien que me pregunte dónde está y qué le pasó, y yo no poder explicar bien y entera ninguna de esas dos cosas.

Un día antes de mi cumpleaños la Mimi llegó con un collar nuevo y un pedazo de papel pegado con cinta rosada. La agarramos con Pedro para sacársela y él aprovechó para rascarle el lomo. Mimi se tiró al suelo y nos mostró la panza oscura. Su pelo negro se volvió gris de polvo de tierra. Dejamos de prestarle atención cuando leímos la nota, que decía con letra torpe, pegada y torcida:

Júntense, cierren los ojos y déjenme ver
Josefina

Buscamos por todos lados alguna otra letra o indicación y no encontramos. Nos aburrimos fácil, pero olimos la hoja por turnos. Al agitarla nos llegaba el residuo. La olimos como tantas veces olimos a Mimi, y el olor seguía ahí, impregnado a la celulosa de árboles hechos de fuego.

Soñamos con esas ocho palabras. Los acertijos difíciles no sirven para nada. No llevan a ningún otro lado más que a la frustración y eso pensábamos. Que la madre de Josefina nos estaba haciendo una broma. Que al final sí que merecíamos al menos un pedazo de escarmiento.

Leímos. Releímos. Nos quedamos con las palabras, nomás. Sin ninguna vuelta.

Calculamos el momento perfecto. La tarde de mi cumpleaños, cuando la fiesta terminó, nos juntamos en el fondo de mi casa, al lado del galpón. Mamá estaba preparando la merienda cuando releímos la nota y volvimos a no entender. Estábamos juntos. Incluso Mimi había pasado toda la tarde entre las piernas de mis tíos, mendigando migas. Dije, capaz es nomás cerrar los ojos para que ella venga. Y como todos solían hacerme caso, cerramos los ojos y gritamos, Jose, ya está, ya está. Pero no pasó nada. Nos miramos. Nadie llegó y mamá nos llamó porque la leche ya se había hervido. El grito sonaba al fin de algo. Nos quedamos sin tiempo. Yo tenía la decepción adentro del cuerpo y no supe decir nada, además no queríamos demorar para que la leche no se llenara de nata.

Lucas se hizo el bizco y Pedro le pegó una piña en el brazo. Yo le dije que no es gracioso, que si pasa un aire puede quedar bizco para siempre y que eso no es nada lindo. Pero Lucas se distrajo y señaló a Mimi, que se me acercó caminando rígida. Mirándome como si fuera a morderme en la cara. Pero era Mimi. Y Mimi no hacía eso. Lucas se rio distinto. Con nervios. Le dije, chst, Mimi, quieta, sentada. Pero ella no movió la cola ni se sentó. Tampoco me mordió. Me miró fijo, tanto rato que mi madre nos volvió a llamar amenazando con dejarnos nata en la chocolatada. Pero nadie se movió. Cuando Mimi terminó de verme siguió con Lucas y después con el resto. Entró a mi casa y fue a mi cuarto. Se subió a mi cama. La cola, dura. También las orejas y los ojos. Y yo ya supe desde que se me acercó que la náusea del día siguiente iba a ser mucho peor que la del día anterior o la de cualquier otro día. Y lo supe antes incluso de verle los ojos a la perra y de darme cuenta de que el marrón del iris se iba haciendo de a poco cada vez más diáfano.

—EL OLOR VIENE DEL ARENAL.

—La arena olor no tiene.

—Es que no es la arena la que huele, no. Es el barco del patrón que trajo las tres yeguas.

—¿Y las yeguas son las que huelen?

—La muerta, sí.

Los muchachos hablan a los gritos mientras pedalean hacia la arenera. El olor, cada vez más intenso, les inunda la cabeza y a Milton, que bien flojo es de la panza, le dan ganas de vomitar. Hoy la Ana faltó a la escuela y pudo salir temprano. Le encantan esos días, pedalear con Jorge cuando el aire es fresco todavía y hay poca gente en la ribera.

—Qué inmundicia.

—Está bravo el olor para trabajar.

—Pobre bicho —dice Jorge, mirando hacia el río. Más allá, en una especie de corral flotante, la corriente lleva para acá y para allá a la yegua hinchada. Tiene un redondel alrededor del ojo, marrón sobre el pelo amarillo. Un parche, parece. La panza inmensa de tripa fermentada al sol se llena de moscas. En la orilla, las otras dos yeguas, las vivas, la miran y resoplan. Piensan cosas.

La arena se extiende hacia la orilla y con el resplandor podría parecer que están en el desierto al mediodía, varados, solos, invisibles. Pero el ruido de las motos que revientan los caños de escape sobre la avenida los retraen de ese invento de lugar desértico al que nunca fueron, en el que nunca pensaron por mucho tiempo, y al que nunca irán. Las bocanadas de viento que se levantan desde el río hacen que la arena con olor a podrido haga remolinos en todas direcciones. Finas capas de partículas los tapan enteros. Se les pegan los cristales diminutos, amarillentos, sobre los torsos sudados y al descubierto. Entrecierran los ojos.

–Es como una lluvia dorada.

–No digás eso, boludo. ¿Sabes qué es eso? La lluvia dorada. Dejá. Ya te vi la cara. Boludo. Eso es si alguien te mea arriba –Jorge habla, mientras llena la planilla del día y la máquina, meta traqueteo, carga arena en el camión.

–Cómo alguien me va mear. Lo mato –Milton se sonríe. Le sonríe a Jorge.

–No es así de mear, nomás.

–¿Y cómo es? –A Jorge lo divierte la media sonrisa de Milton, en esa cara fruncida por el resplandor del sol.

–¿Querés que te muestre?

–No te da –responde, mirando hacia otro lado para que Jorge no vea que ya se puso colorado. El patrón reparte los refuerzos del almuerzo y se silencia la maquinaria. Milton lo ve a Jorge llevando las planillas al galpón. Lo ve caminar decidido, sudando, gritándole a uno y a otro que es hora de almorzar antes de venir a sentarse con él. Los dos miran lejos un rato. Hierve el aire sobre el suelo. Ellos, a la sombra, hunden los pies descalzos y las manos en el último pedazo de arena fresca bajo el árbol. Milton siempre hace lo mismo. Bajo la arena, con su pie toca el pie de Jorge y le da caricias ásperas de arena. Jorge no se mueve así que quizás le gusta eso, piensa Milton. Si no se mueve y habla como si no pasara nada, quizás es que le gusta. El camión del costado les tapa un poco el viento, pero igual mientras comen los refuerzos, el olor nauseabundo de la podredumbre les da náuseas y los granitos de arena les crujen entre los dientes, con el pan y el queso y el salame.

Se termina la jornada cuando no queda sol. Se visten, la ropa pegoteada sobre el sudor agrio de todo el día. El olor sigue agarrado al aire. Al patrón le preocupa la situación.

–Hay que enterrar la yegua. Si sigue jediendo así, el municipio me va a joder. La gente del catamarán ya dijo que varios turistas se quejaron.

–Turistas, ¡¿acá?!

–Y sí. Vienen a ver el museo del Castillo y esas cosas que tienen llamativo. Y a andar en el barco.

–La enterramos mañana –dice Jorge, que es más decidido, y le da la espada al patrón.

–Hoy tiene que ser. Para mañana capaz ya reventó o peor. Agarren la chata para moverla. Yo se las arrimo.

Los muchachos se miran. Quedan ellos dos nomás, que siempre se demoran al irse y después los agarran para ese tipo de tareas, como cuando tuvieron que limpiar todas las máquinas después de la crecida. Tendrá que bastar con sus brazos para arrastrar el yeguón hinchado hacia el pasto y más allá del terreno de la arenera. Miran cómo el patrón camina hasta el muelle, sube a su embarcación, prende el motor y se arrima hacia donde están. Parecía que el olor no podía ser más fuerte, pero comprueban, mientras se acerca la yegua, que es ella mucho más grande de lo que pensaban y el olor más impresionante. Van a demorar mucho rato en hacer el pozo para el entierro.

El patrón amarra la embarcación y apaga el motor. Los deja solos después de desearles suerte. Le da rabia a Milton que nunca ayude a nada y siempre pida cosas después de que todos se van. Pero no lo dice y se sube a analizar cómo van a bajar a la yegua. El agua mece el barco de a poquito y hace que quede separado de la orilla un buen tramo que no saben con qué remediar. La chata es grande pero cómo poner a la yegua ahí es el problema. Se sube Jorge también y juntos tocan a la yegua que está dura y blanda al mismo tiempo. Los ojos hundidos dentro de la cabeza, ese redondel oscuro que parece un machucón y la crin sucia y enredada. Jorge empuja al animal desde atrás y Milton cincha de las patas hacia adelante, con las manos bien apretadas alrededor de los huesos de las rodillas. El olor lo cubre todo. También las moscas nerviosas de que se lleven el cuerpo zumban entre los oídos y las manos.

–No se puede esto –dice Jorge, y se pasa el brazo por la frente para secarse el sudor. La yegua no se mueve. Parece pegada a la madera del piso–. No vamos a poder llevarla hasta la chata.

–Podemos, sí. Empujá más fuerte.

–¡No tengo más fuerza! ¿No ves que es machaza? Hay que hacer otra cosa.

–Hay que enterrarla como dijo el patrón. Por algo dijo. Si la dejamos acá va a jeder peor mañana, con este calor.

–Hay que tirarla al río.

Milton enseguida hace que no con la cabeza. Y luego dice, no, no, no.

–Sí, sí, sí. Yo me quiero ir a la mierda ya y esta yegua no hay forma de moverla. Ya está oscurecida el agua. Navegamos para allá –apunta en la dirección opuesta al puente, corriente abajo, lejos del pueblo– y ahí la empujamos y el río la lleva. Hasta debe flotar de la hinchazón que tiene.

–Se va a dar cuenta el patrón.

–No se va a dar cuenta porque vamos a hacer el pozo como si la hubiéramos bajado y enterrado.

Milton habla para adentro. Piensa que es mala idea porque para hacerlo hay que robar primero el barco y después hay que hacer otra cosa opuesta a la que les dijeron que hicieran. Mira a Jorge, que arrodillado al lado del caballo muerto, con los pelos negros pegoteados en la frente, se agarra de su tobillo y le acaricia la pierna hasta la rodilla en el gesto de levantarse, y le dice, animate, dale.

–Yo no sé navegar –dice Milton, que con suerte se subió al catamarán turístico en alguna excursión con la escuela, hace años.

–Yo sí sé –dice Jorge, y piensa Milton que claro que sabe, que siempre sabe todo y si no sabe igual se hace el que sí y le sale tan bien que nunca puede adivinar cuándo dice la verdad y cuándo miente–. Dale, desamarrá.

Desatan el barco. Milton tiene taquicardia. Dice la médica que es ansiedad, pero a él le parece que son los nervios de hacer algo que no se debe. Navegan un poco. Se alejan de la orilla. Oscuridad total. Quince minutos o más hasta que Jorge dice, bueno, acá. Ahora lo que hay que hacer es desestabilizar el chatón en el que está la yegua. Jorge decide que eso lo tiene que hacer Milton porque es más corpulento. Así que Milton salta hasta esa extensión de la embarcación que apenas está sujeta por una cadena y cae de pie junto a la yegua. Como el patrón desarmó ya las paredes de malla, lo que queda es nomás unos pedazos de madera flotantes. Jorge dice, saltá en la punta así hacés que empiece a sacudirse el agua y cuando el ángulo dé, la yegua se va a resbalar para abajo. Milton salta con todas sus fuerzas al costado de la yegua para provocar que la superficie se incline lo suficiente. Salta. Salta. Jorge no ve bien, pero oye cómo el agua se agita alrededor de ellos. Las maderas suenan fuertes cuando empiezan a chapotear de un lado a otro, impulsadas por los saltos de Milton y el peso del caballo. El agua se agita tanto que Jorge tiene que agarrarse del barandal de la embarcación, que se sacude también, consecuencia del amarre. Después, el chapuzón inmenso. Milton salta una última vez y por fin la yegua resbala y cae al agua. Él pierde pie. Los championes quieren caer sobre las tablas, pero patina. Cae sobre la yegua, que medio se hunde en el río revuelto. Bajo el agua siente el cuerpo del animal contra el suyo. La yegua encima. Con todas sus fuerzas hunde las manos en la panza fermentada y se empuja lejos. Sale a la superficie. Aire pesado de verano que agarra con la boca y la nariz y llena los pulmones. Jorge, con una calma impostada, le dice que suba. Subí, dale. Volvamos. Y Milton nada hasta la embarcación y allí donde oye la voz de Jorge llamándolo, estira la mano para que lo suba. El cuerpo seco de Jorge da tranquilidad. Con fuerza lo trepa al barco y se quedan ahí un momento, el seco y el mojado, los cuerpos pegados, la respiración asustada de Milton mezclada con la respiración también muerta de miedo de Jorge.

Hacen un pozo. Calculan, más o menos, el tamaño que debería tener si hubiesen hecho lo que tenían que hacer. Y dejan las palas sucias en el galpón. Hasta mañana, se dicen en la calle, y salen cada cual para su lado.

Milton no puede dormir. A pesar de que se bañó y contó hasta mil y rezó dos veces, no siente sueño. Y Lulo no deja de ladrar. Se da cuenta de que algo afuera lo molesta cuando se trepa furioso en la silla con la que consigue ver por la ventana. Milton resopla. Le chista al Lulo y le dice, chito, carajo. Pero el perro ladra y ladra y ladra y Milton se levanta. Mira a través de la ventana y bajo la luz del porche la ve. Parada, dura, mirando para adentro. Hinchada y chorreando agua, la yegua del redondel. Tiene que pestañear varias veces, apagar y prender la luz, caminar del cuarto a la ventana. Ve lo mismo. La yegua del redondel, viva, afuera.

Agarra el celular para llamar al Jorge, que atiende enseguida, con voz de dormido. Qué pasa, dice. Milton le grita está acá, está acá. Tiembla de vuelta. Le dice que la yegua del redondel está en su patio. Parada como una yegua viva. Fermentada todavía, pero corriéndose las moscas con la cola. Jorge dice, dejate de joder, es retarde para estas jodas, y corta. Milton se sienta en la silla, con el Lulo en la falda. La mira fijo. La yegua parece mirarlo fijo también, aunque está de frente, y los ojos suyos están a los costados de la cabeza. Vista así sería hermosa, si no fuera porque es una yegua muerta.

Milton no duerme en toda la noche. Su madre, que siempre se levanta temprano, lo encuentra sentado con el Lulo dormido en la falda. Se asusta al verlo ahí y se asusta más al ver la yegua metida en el patio. Habla bajo para no despertar a la Ana y poder hablar con el hijo a solas.

–¿Y eso? –se acerca a Milton y le pone una mano en el hombro. Lo encuentra helado y medio ido.

–Una yegua –responde él, y un chucho le recorre el cuerpo.

–¿De quién es?

–Del patrón, era.

–No me digas que la afanaste.

–No, no. Era la yegua del patrón que se le murió y jedía en la ribera.

–No entiendo.

–Yo tampoco –Milton tiene ganas de llorar, pero ya lloró en la madrugada pensando en el patrón y en Jorge y en él y en la yegua–. Se le murió y pidió que la enterráramos, pero no pudimos porque pesaba así que hicimos otra cosa.

–¿Entonces la yegua está muerta?

–Claro.

–¿Y qué la hicieron, si no la enterraron?

–La echamos al río –Milton se tapa la cara con las manos–. Fue idea del Jorge. No podíamos nosotros con ella y la tiramos al agua.

–Ah, ta –dice Clementina y empieza a preparar el desayuno. Le grita a Ana, ahora sí, que se levante, que ya es tarde para la escuela. A Milton ese *ah, ta* se le clava en la cabeza.

–¿Ta? Ta, ¿qué?

–Y que, claro, no la enterraron. Y lo que no se entierra sigue vivo para siempre.

Milton se queda sentado junto a la madre mientras Ana desayuna. La madre sabe cosas. Siempre supo ella, desde que se quedó sorda de un oído por una infección. Ella dice que ahí se le abrió una intuición. Milton no sabe lo que es que se le abra a alguien una intuición, pero igual le cree lo de la yegua. Los tuvo de grande ya, a Ana rozando los cincuenta, y dice su tía que fue un milagro que nacieran sanitos. Aunque Ana nació con los ojos cruzados, y nunca se sabe bien hacia dónde está mirando. Fue un embarazo riesgoso el de ella y un nacimiento prematuro. La madre dice que los genes malos los trajo su padre. Les dejó el pelo rubio, los ojos claros, a Ana el estrabismo y a Milton una sensibilidad rara. Ninguno de los dos llegó a conocerlo. Vino de Finlandia. Y después de inaugurar la fábrica, a los años, se volvió a su país. La madre no tiene ni el nombre ni el apellido. Tampoco habla de eso. Solo saben, Milton y Ana, que su madre un día le arregló los pantalones, y otra semana las camisas, y cuando quiso saberlo, estaba embarazada. Y tiempo después, de vuelta. Y no habla ni dice nada más pero cuando se acuerda, llora y deja de trabajar por el resto del día.

Cuando Ana termina de comer, Milton le pone la túnica y la acompaña de la mano a la escuela. Falta un mes para que termine el curso de verano. Y ahí todo se complica, porque la madre tiene que trabajar y la Ana se pone majadera y es chica para andar por ahí vagando, y Milton está ahorrando para la moto y el liceo empieza dentro de poco también, y ya cuando empiecen las clases tiene que dejar la arenera. Ana suda en la mano y pide para soltarse. La yegua del redondel detrás de ambos, clac clac, clac clac, los sigue.

—¿Y el caballo es tuyo? —dice Ana. Le vio la cara de contenta al salir de la casa. Cómo miró a la yegua y cómo ella se dejó acariciar la nariz.

—Lo estoy cuidando nomás.

–¿Y de quién es?

–Del Jorge.

–Pero Jorge tiene campo y tú no tienes nada –Milton se ríe y le cincha la colita del pelo. Le desarma el peinado y Ana le pega una patada que apenas siente. La deja en la puerta de la escuela y sigue rumbo al arenal.

El lamparón revuelto de arena. Debajo, nada. Arena y más arena. Unos troncos al fondo, para simular volumen.

–¿Pudieron, entonces?

–¿Con la yegua?

–Claro –el patrón los mira fijo, mira el entierro. A Milton le da miedo que se dé cuenta de que la echaron al río. Traga saliva fuerte y siente cómo suda. Peor miedo le da que la yegua aparezca ahí mismo, aunque la dejó atada en un árbol frente a la escuela de la Ana.

–Pudimos, sí.

–¿No había mucha raíz ahí donde hicieron pozo? –el patrón camina alrededor de la tumba de la yegua e inspecciona el trabajo.

–No. Arena nomás y abajo tierra húmeda –dice Jorge. Milton asiente.

El patrón aplaude y los felicita. Después se va hacia el galpón. Jorge se acerca a Milton y con una mano le agarra la nuca. Viste que te dije que no pasaba nada, dice. Y Milton hace toda la fuerza para no erizarse, pero igual cada pelo de su cuerpo queda parado mientras dice, la yegua volvió del río. Y estuvo de noche en mi casa. Y hoy te la voy a mostrar. Jorge retira la mano y ya no se ríe. Dice, dejate de joder, Milton. Y se va a su puesto de trabajo.

La jornada se le pasa volando porque está preocupado por otra cosa. Jorge, que no quiso almorzar con él, y la yegua, que la dejó atada al sol, sin agua, y le da pena, aunque sea un animal reaparecido. Va a buscar a Jorge al galpón antes de irse, pero se queda clavado en el camino porque la ve a la yegua del redondel parada ahí, en el arenal. Hinchada como estaba el otro día, ya casi sin jedor. Parada como se paran los vivos. Milton le grita a Jorge. Le chifla para que mire. Para que sus ojos comprueben lo que ha estado tratando de decirle.

Primero Jorge quiere ignorarlo. Pero después no puede, porque Milton es Milton y algo pasa en su cuerpo cuando grita así su nombre, por eso mira. Y lo que ve le afloja un poco las piernas. La yegua pareciera que se da cuenta de lo que pasa porque camina hacia Jorge, derechito, y le apoya la nariz sobre el hombro. Jorge, duro, con los brazos colgándole a los costados sin ninguna expresión. La yegua abre la boca y le mastica la remera. Suave. Sin morderle la piel. Jorge se aleja un poco y la mira. Le examina la cara, el pelo, los ojos. Es la yegua. Levanta una mano y le toca el pescuezo. Mano en dirección del pelo y luego al revés, hacia arriba. Se olvida de Milton un segundo. Siente la respiración caliente y húmeda de la yegua contra el pecho. No cree nada y a la vez cree todo y el desborde es tan grande que no se acuerda después cómo llega con el Milton junto al río.

Las puntas de los pies se hunden en la franja de barro verdoso de la orilla. *Antes el agua de ese río curaba. Ahora no. Ahora lastima.* Eso escuchan que dicen las guías del catamarán que va y viene a las ocho de la tarde, cuando pasan cerca de la orilla. *A la derecha, la arenera Martínez, la más antigua de esta zona.* Tienen los pantalones en las rodillas. Orinan juntos, ocultos por los matorrales de la ribera. Los dos chorritos burbujean contra el agua y el barro. Se miran orinar. La yegua del redondel, resoplando entre los dos. No dicen nada porque un poco da vergüenza. Ya no queda nadie, les parece. Solo máquinas y la yegua, que los huele de cerca. Milton siempre quiere más de Jorge. Cualquier cosa, así sea una mirada deforme y llena de humor. Pasan sobre el lamparón de la tumba de arena y Jorge se ríe. Le tironea suave de la crin a la yegua y apunta al suelo.

—Tendrías que estar ahí vos, bicha rara.

La yegua se detiene a inspeccionar el entierro y con el aire de la nariz hace volar arena.

—La tendríamos que haber enterrado. Y se acababa este lío.

—Y enterrémosla —dice Jorge, de espaldas al animal—. Enterrémosla. La matamos y al pozo y listo.

—No se puede matar lo que ya está muerto, no te das cuenta.

—¿Y entonces? ¿Qué querés que hagamos?

—Y nada. Qué vamos a hacer. Nada. Solo digo nomás, la tendríamos que haber enterrado.

La yegua relincha y entre los sauces el patrón los observa. Parece tranquilo. Engaña a veces su postura, medio encorvado, manos en los bolsillos. Los muchachos no lo ven. Se van juntos. Jorge de tiro con su bici, demasiado chica para su cuerpo alto y flaco, y Milton meta arrastrar los pies, caminando pegado a la yegua. Atardece y los dos piensan, desde sus casas, algo parecido. Algo que no pensaron antes y que no van a decir nunca.

Es sábado y Milton llega temprano. Dejó antes a la yegua en lo de Jorge porque es su día libre y eso acordaron. Turnarse para cuidar y en algún momento averiguar si se puede matar o si hay que tenerla para siempre.

—Santana, ¿se piensa que soy estúpido?

El patrón se asoma por el galpón apenas lo ve llegar. Lo sorprende al Milton la voz seria, tan temprano. Piensa en la pregunta que acaba de escuchar. Piensa en decir que no. Intenta.

—¿Que soy imbécil? ¿Que no me iba a dar cuenta? —el patrón insiste.

—No entiendo.

—¿Enterraron la yegua?

—Sí —Milton miente porque la mentira ya sobrepasó el umbral de lo falso y se volvió otra cosa. Le parece que poco importa ya si la enterraron o no, que sería medio tarado si le preocupara más la mentira que la yegua.

El patrón parece que se hincha. Se ríe con una carcajada amplia que ocupa espacio y empuja el aire del galpón para afuera. Milton se da cuenta y respira profundo.

—Quiero que se vayan lejos.

—¿Perdón? —Milton no tiene lejos. Tiene su casa y tiene el pueblo y la arenera y el río. Lejos, no. Ningún desierto, ninguna ciudad, ningún pariente.

—Ustedes. La yegua. Lejos. Vi ayer todo.

Milton siente cómo se queda pálido.

—No es culpa nuestra —dice, y sabe que está a punto de llorar— no hicimos nada para que volviera. Volvió sola…

—Ustedes siempre tuvieron algo raro —el patrón dice esas palabras babeando blanco entre los dientes, de la rabia. Ese gesto Milton lo conoce.

—Pero no…

–Váyase –casi que grita. Está nervioso. Tiembla el cuerpo del patrón cuando repite que se vaya–. Que tampoco vuelva Ortiz. Los dos se van y no van a volver.

–Pero preciso yo la plata. Y Jorge también. Lo que vio no es lo que es.

Milton ve cómo el patrón mete la mano entre la ropa. El fierro asoma apenas por detrás del cierre de la cazadora.

–No estoy jodiendo yo. ¡Se van a ir lejos y se la van a llevar con ustedes, carajo!

Milton da dos tropezones hacia atrás, como si el grito hubiera levantado una tromba hecha de arena, aire y lastimadura. Corre por varias cuadras, alejándose de la arenera. Lejos, recién camina. Las lágrimas le dejaron unos surcos brillantes bajo los ojos. Rastros de babosa triste. Le toca hacer la misma vuelta de regreso, ribera de río y luego cuadras en subida, repecho machazo, calor pegando en la nuca y detrás clac clac, clac clac, las pezuñas de la yegua del redondel que apareció en una esquina, y Milton al verla pensó que qué estúpido el Jorge en dejarla salir, en no atarla bien, en no cuidarla. Pero después pensó en cómo atar eso tan distinto y difícil de nombrar. Y además se dio cuenta. La yegua venía derecho a él, sabiendo claro dónde hallarlo.

AGUA QUIETA

LA GOTA ESPESA se escurre por el agujero. La siente. Y luego siente una más. Y otra. Y otra. El líquido frío pica. Pero también le genera una sensación de alivio que es tan placentera como insoportable. Rueda en la cama y se retira el pelo para despejar el otro oído. Cierra los ojos. Los abre cuando la humedad se le mete adentro de nuevo. De costado lee la caja. Antipirina. Procaína. Contenido neto. Vía ótica. Alguien dice, ya estamos, enderezate así te pongo el algodón. Y le ponen el algodón. Y se queda acostada un rato, sintiendo que flota, como a veces le pasa después de pasar mucho tiempo en el agua, tratando de adivinar las palabras que oye. Es una caracola humana. Quiere que alguien más ayude, que alguien más arrime la oreja a su cuerpo para tratar de oír los restos del oleaje.

Bajo el agua el mundo se siente distinto. Los sonidos se deforman y agigantan y terminan todos en una *o* eterna y aballenada. Se oye la distorsión y el movimiento como si las orejas se multiplicaran por la piel, o mejor, como si cada poro se transformara en un canal auditivo. El amarre que se hizo en el pie la asegura, del tobillo al nudo, de la cuerda al árbol en la orilla, firme, anfibio, todo el sostén hace que no se vaya con la corriente, flota como un palo o una botella, el pelo le toca los hombros, escucha que la llaman, pero no levanta la cabeza, no sale de la postura, se afloja nomás, para seguir siendo un cuerpo tan livianito que casi no rompe la tensión superficial del río.

Cuando sale ya tiene los pies y las manos pálidas y arrugadas y tiembla de frío. Oye lejano. Se sacude y mete la punta de la toalla en cada oreja. La gira y cierra los ojos. Al sacarla la mira, mojada y amarillenta de cera de oído. La sensación, sin embargo, no se le va. Se sienta en un balde dado vuelta a temblar y comer refuerzo de queso y mortadela. En silencio, mirando el reflejo naranja del atardecer en el río.

El niño está pegajoso. Hay humedad, hay calor. También comió sandía, y el jugo se le escurrió por los brazos y ahí se secó. Costra pegoteada, sabor dulce; un sueño de mosca. Camina descalzo hasta el cuarto de los padres. Dice que a la Clemen le duelen las orejas. Los padres están hartos de hacerlo hablar como la gente. Es bobo el niño, ellos lo saben desde que nació. Cuando bebé tenía todo el paladar negro y creyeron otra cosa. El tío Eduardo le había metido la mano en la boca al conocerlo y había dicho, paladar negro, como el abuelo, va a salir duro. Pero no salió y la mancha del paladar se le hizo cada vez más chiquita, hasta ser nada más que un lunarcito en la parte de atrás de la garganta. Clementina es la inteligente, pero hace días que viene apestada, arrastrando una insolación arrolladora. La madre resopla y le responde.

—Ya le dije que las gotas mágicas no son. No hables mal. No se dice así, la Clemen. Clemen solamente está bien.

Frunce toda la cara cuando lo reta y el niño sabe porque las palabras le salen como dobladas. Igual se acerca y le cincha la tela que le cubre los brazos, para que se acerque y lo oiga con atención.

—Le anda hablando en el oído a Clemen.

—¿Quién?

El niño levanta los hombros y dice, no sé.

—¿Y cómo no va a saber quién le habla?

—Es que dice que le hablan de adentro.

—¿Como un pensamiento? Ha de ser que está pensando.

—No sé. No quiere hablar porque dice que si habla no oye lo que dice…

La madre pierde la paciencia. Resopla. No lo deja terminar y el niño siente que falla. Que no logra explicar nada bien.

—¿Y qué le dicen?

—No sé. Algo de lo hondo. No entendí bien porque la Clemen… Clemen tiene la voz como bajita.

La conversación se acaba con un gesto. La madre desestima la información. Con la lengua golpea el paladar y chista.

—Tiene agua en el oído. No se oye bien, eso le pasa. Que salte en un pie con la cabeza de costado, y vas a ver cómo se va la conversación toda y también el agua. Decile, saltá con ella a ver si se mejora —dice, y lo corre con la mano, como si fuese un insecto. El niño se queda un momento parado ahí, pensando en el procedimiento que acaban de explicarle. Él ya ha saltado antes de costado para destapar las orejas, pero esto es distinto porque su hermana tiene el agua adentro.

Vuelve al cuarto corriendo. Se sienta en la cama de su hermana, le dice, *saltemos, quejosa*, se estira como un flamenco, en un solo pie, y empieza a saltar. Clementina se levanta y también salta. Siente que sí, que hay algo que se mueve en la cabeza. Se pregunta si le habrá quedado toda llena de agua. La sacude. Sí. Está toda llena de agua. Qué miedo. El agua quieta se pudre, dijo su padre. Y le nacen mosquitos y larvas. Sigue saltando un rato. A la pata del Chiquito se la comieron las larvas. Y ahora la arrastra como un palito seco pegado al cuerpo. Nadie se la corta porque da miedo que siga teniendo alguna vena viva adentro, y que aúlle de dolor y se desangre. Así que la arrastra, media podrida, media seca. Ya ni abichada, porque no quedó nada que comerle. Qué miedo.

Al niño, el movimiento le hace algo en un diente. Cada vez que el talón le golpea el suelo, el diente de la carie le pincha la mandíbula como si tuviera un alfiler. Quiere dejar de saltar, pero mira a su hermana, y ve cómo le salen gotas de agua con cada movimiento, y cómo se le ensopan los hombros, y el pecho, y las piernas, ve cómo se moja el piso y los pies mugrientos empiezan a hacer barro sobre la superficie mojada. Sabe entonces que tiene que seguir acompañándola, aunque le duela tanto el diente, porque además no puede decir nada, tiene que aguantar, porque el dentista duele y a él que duela no le gusta nada.

∗∗∗

Los dos perritos se sacuden. Corren alejándose de eso que en el sueño da miedo. Es fácil ser un perro y asustarse de algo. Los niños también tienen miedo. Sueñan lo mismo. No saben, si supieran sería otra cosa, pero no saben y cierran los ojos a la vez y mueven los pies y las manos y Clementina dice que no, y Carlos dice que no y en el sueño corren y detrás de ambos corren los perritos y ahí en la casa duermen los cuatro bajo el mismo techo, asustándose de la misma cosa que ya no puede asustar, pero asusta en la ausencia de latidos, y se mueven y sudan y luego al despertarse desayunan, se ríen, los perros ladran, los cuatro se olvidan, como se olvidan a veces las cosas importantes.

El niño se siente orgulloso de ser el que habla con los grandes. Clementina no puede y él, que la ha estado cuidando, se esfuerza por contar claro a su madre.

—La Clemen sabe ahora qué le dicen.

La madre levanta los brazos hacia el cielo como hace a veces, cuando está harta de alguna cosa, y dice: —¡Al fin, por Dios! Y qué le dicen, contame a ver.

El niño se aclara la garganta, que la tiene con mocos. Traga flema y responde.

—En lo hondo, le dicen.

—¿En lo hondo de qué?

—Solo en lo hondo, dice. Ella preguntó en lo hondo de qué pero la voz no la oye.

—Es un pensamiento, no una voz.

—Ella dice que es una voz de varón.

—¿De varón grande o chico?

—De varón grande.

—¿Y qué más dice Clementina?

—Dice que el varón grande está asustado.

—¿Y por qué?

El niño mira para afuera. Duda.

—No sé, no sabe.

Clementina se cubre los oídos con las manos. No quiere escuchar más nada. Está cansada, quiere dormir, dormir, dormir. O sumergirse. Cómo le gusta estar metida hasta la frente dentro del agua. Abrir los ojos y que le queme la vista al principio, y después ver bien los peces, los caracoles, las corrientes, los pies de su hermano. No quiere escuchar más nada. Cada vez que salta de costado, se le sale la voz de a chorritos. Qué alivio. Pero es difícil oír y de repente dejar de oír e igual no entender nada.

El niño entra corriendo al cuarto de los padres. La madre, sentada arreglando una camisa, se asusta y se lleva una mano al pecho antes de retarlo y decirle que la próxima vez pregunte si se puede pasar, que ella podría haber estado desnuda. El niño parece que no escucha porque lo que dice le sale atropellado.

—Clementina dice que la conoce a la voz, dice que es la voz del tío Eduardo.

La madre se sorprende por escuchar el nombre de su hermano, que no sabe dónde andará ni se acuerda bien de la última vez que lo vio. Seguro llegue por Navidad, casi cierto. La sorpresa le dura poco porque enseguida vuelve a la rabia.

—Bueno, bueno, la vamos cortando. Hace mucho que no viene el tío Eduardo.

El niño suspira.

—Ya sé —dice.

El niño se despierta asustado y mira en la cama de al lado cómo se mueve Clementina. La luz de la luna entra por la ventana y el cuerpo de su hermana hace sombra en el cuarto. Son espasmos chiquitos, como cuando uno sueña que se cae y al final era mentira. La mira un rato, preguntándose qué estará viendo en su cabeza, y sigue durmiendo.

***

Los niños pescadores bajan primero. Corren por el costado de la ruta, saltan el guardarraíl del final del puente, y se deslizan sentados por el montículo de tierra y yuyos. Las cañas, los baldes, las carnadas se elevan en el aire mientras bajan, alborotando la tierra seca y las langostas, que vuelan en todas direcciones y zumban cerca de los oídos. Desde la casa, lo único que se ven son ocho pares de bracitos que sostienen cosas y que poco a poco desaparecen detrás del terraplén.

Cuando llegan al nuevo suelo, el húmedo, barriento, se enderezan y caminan uno detrás del otro, por un camino que parece hecho por el paso de tropillas, pero no, ese es su camino secreto al mejor lugar del río.

En la orilla empiezan a pescar mojarritas para encarnar. A veces sale algún cabeza amarga chiquito que también termina dentro del balde. La ilusión es la tararira. El que la saca primero, gana. Cuando tienen suficientes mojarras, se dispersan. Carlos se aleja poco. El río está enredado. Hubo tormenta. Las tormentas de verano son las peores porque se mezclan cosas en el aire, eso dicen en la casa. Y cuando hay una de esas mezclas se forman el rayo, el trueno y el remolino.

–Eh, aquello, allá. ¿Qué es?

–¿Lo qué?

–Allá, al ladito del barranco.

Un brazo se estira. Señala. Marca un objetivo. Algo está encallado. Los niños corren hacia eso que está medio flotando en la orilla. La camisa la tiene sobre la cabeza, pero una parte de la cara está descubierta. Y deforme. Hinchada. Dejan las cañas enterradas en el barro, las tiran, corren a ver. Todos menos Carlos. Carlos no. Da un paso atrás. La raspadura de la rodilla, que ya le cicatrizó hace días, le tira. La siente. Siente su piel tironeándose sobre el hueso. Y da otro paso. Y otro. Le tiembla la otra pierna. Lo conoce. Sabe quién es. Hace mucho que no lo ve, eso sí. La mamá. La Clemen. Ya lo había dicho ella y nadie entendió. Ahora cree que entiende. O entiende a medias. Hay que avisar. Tiene que avisarle a la mamá.

JAURÍA

para Linda

DIJERON MUCHAS COSAS. Que estaba planeado. Que no era una perra. Que era una enviada de algún diablo. Que había que matarlos a todos. Que estaban malditos. Que no había lugar al que huir porque lo hecho hecho está y lo que se lleva en la sangre no se puede limpiar con agua.

El murmullo que sale de la cocina es imposible de parar. Además de ese burbujeo que hacen las palabras al ser dichas despacito, los vasos, platos y cubiertos cayendo de una pileta a otra suenan fuerte porque están siendo manipulados sin cuidado. La atención de ambas está en otra parte. Salpican el suelo, los delantales, ni siquiera miran si la esponja termina de limpiar los restos de la comida.

—No era cualquier bebé —Jorgelina se afirma en la mesada y mira lejos, al parque cubierto de cintas amarillas alrededor del lamparón oscuro del pasto, que con los días parece hacerse más intenso.

–¿Cómo que no era cualquier bebé? Era un bebé y punto. No importa qué bebé era –se le acerca al oído para responder. Repite que no importa quién era. Solo importa que *era*.

–Era el bebé de la Florencia.

–¿Y qué tiene? Es un horror igual.

–Pero el bebé de la Florencia no estaba bien. Estaba enfermito de nacimiento. Grave –dice *enfermito* como quien pronuncia un secreto.

–Ay, no lo digas así. ¿Qué tan enfermo?

–Muy enfermo. Eso es lo raro. De todos los bebés lo eligió a él –lo piensa hace días, pero no quiere decirlo, porque cuando las cosas se dicen se vuelven verdad. Pero el bebé estaba mal de antes. Y la perra, piensa, hasta puede que le haya ahorrado tratamientos en vano, espera, falsas esperanzas.

–No lo eligió, lo encontró primero y zácate, lo mató. Mala suerte.

–La practicante lo vio todo por la ventana. La perra caminó en zigzag a través de las camitas improvisadas en el suelo y agarró a ese bebé, como si tuviera un imán.

–La gente inventa muchas cosas para sumar morbo.

–A menos que esto no sea un invento. Y lo haya elegido. Y ahí no sé.

–¡Ahí estás! Ya sabía yo que debía de venir por ahí. Por favor, es una perra. Una perra muerta de hambre. Nada más.

Terminan de fregar sin hablar. Les da un poco de susto estar especulando sobre lo que pasó. Nadie dice mucho. Solo están los que piden que maten a la perra, por el bien del barrio, y la organización que quiere llevarla al campo para que viva el resto de sus días en paz. Jorgelina no sabe qué pensar. Y como habló la otra noche con su marido, a oscuras, bajito, como para no levantar demasiado la perdiz, piensa que quizás lo que pasó, pasó porque así debía de ser, y que el chico está mejor del otro lado y que seguro ni siquiera sufrió y que los padres, Mariano y Florencia, están tristes ahora, pero que ella sabe –porque los vio por la ventana, hablando y abrazándose y llorando un poco– que en el fondo están aliviados y que al dormir lloran, pero también dicen gracias.

Dónde está la perra es un misterio. Y qué le pasó, que de un día para el otro comenzó a ponerse violenta, también es un misterio. *Así son los animales*, dijo el director de la escuela a la prensa, *impredecibles. Y cuando tienen hambre, peligrosos. Hace años que denunciamos la situación de perros salvajes de esta cuadra y nadie nos dio pelota. Ahora es tarde y hay que lamentar una víctima. Esperamos que las protectoras de animales y el municipio tomen cartas en el asunto porque es un peligro esta realidad.*

Jorgelina apaga la televisión porque está harta de escuchar una y otra vez el mismo discurso. Algo que se dice tantas veces oculta una verdad peor, piensa.

Oye un sonido en el patio y sale a ver qué está haciendo su marido. Empuja el mosquitero y no consigue abrir. El impulso se detiene contra algo. Mira hacia abajo. La perra negra, echada en el felpudo que dice *Welcome*, da vuelta la cabeza para mirarla. Primero no se da cuenta de si es o no es. Es difícil distinguir un animal así. La sugestión gana siempre. La mira bien. Flacucha, con las costillas contra la piel, sin collar, barro seco pegoteado en las patas. Es la perra. Le pone el seguro al mosquitero, da dos pasos hacia atrás y cierra de un portazo. Se tropieza con la alfombra mientras da vueltas por la casa tratando de encontrar su celular. Quiere sacarle una foto para mostrarle a Sandra. Y también quiere llamar a la policía.

Como demora en encontrar el teléfono, piensa. Y como piensa, duda. Sabe que la policía va a pegarle un tiro y va a seguir el mundo como si nada. No quiere ser responsable de eso. Además, instinto es instinto. No hay cómo ir contra eso. Mira por el vidrio de la puerta. La perra cambió de posición. Sentada, la mira moverse y agita la cola.

Jorgelina se acerca a la puerta. Estudia al animal. Piensa. Si no la entrega, la perra seguirá viva. Y el bebé se iba a morir igual, es lo cierto. La deja. No hace nada. Ni llama a la policía ni la corre. Trata de ignorarla. La perra, dura, mira hacia adentro de la sala por el resto de la tarde.

Sandra pregunta cómo hizo para que la perra se fuera. Jorgelina le cuenta solo una parte de la historia. Que se encontró con la asesina del bebé. Que del susto casi se muere y que la ahuyentó como pudo. Su compañera no sabe que después de esa tarde la perra volvió a aparecer y se quedó. No sabe que la perra duerme en el porche del fondo, junto a la garrafa del calefón. No sabe que ella la alimenta y que nunca quiso ni hizo que se fuera. Por eso inventa rápido. Saca del bolsillo las llaves del auto y se las muestra. Cuelga un pedazo de hueso seco cubierto de pelo blanco. Dice, *fue la pata de conejo. Se la mostré y salió corriendo. No volvió más. Ya debe estar lejos del barrio, en otro pueblo.*

No sabe de dónde sale la mentira. Lo cierto es que la perra es tranquila. Come sobras. Es linda. Dócil. Está aprendido a quererla, incluso.

Sandra dice, *yo en tu lugar le hubiera dado con algo por la cabeza. Es una bestia esa criatura. Una bestia suelta.*

Jorgelina responde. *No me dio el cuero para hacer eso. No me dio.*

Al volver a su casa, como todas las tardes, ve el noticiero. El cartel de *Último momento* flota en la parte superior de la pantalla. Abajo, un video desenfocado muestra un punto negro sacudiendo algo y luego, mientras el video se agranda, la pantalla pierde nitidez y se censura la imagen. La informativista interrumpe la transmisión para hablar. Dice: *lamentablemente, continuamos con las malas noticias relacionadas con animales. En esta ocasión, un ataque mortal de una perra se ha cobrado la vida de un hombre de la tercera edad en el barrio Amantea. Marta Borges, en directo desde el lugar del incidente, nos va a dar más información. Marta, adelante.*

—Gracias, Blanca, buenas tardes. Nos encontramos en la calle Magnolia del barrio Amantea, donde hoy ocurrió un trágico y preocupante incidente. Una perra negra, sin dueño identificado, atacó y mató a un hombre de 82 años que se encontraba en estado vegetativo, de iniciales J. P. mientras disfrutaba del sol de esta tarde de verano en el patio del Residencial en el que vivía —al fondo, frente al edificio, hay policías y enfermeros conversando—. Testigos dicen que el ataque fue inesperado y brutal y que nadie pudo hacer nada. Un vecino, al escuchar los gritos, intervino disparando con un revólver y logró herir al animal. Sin embargo, la perra logró escapar y su paradero actual es desconocido.

Blanca pregunta si es la misma perra. *La* perra. A Jorgelina se le acelera el corazón.

—Así es. Hace unas semanas, la misma perra fue responsable de otro ataque fatal contra un bebé de dos años, en la escuela n.º 8 Guillermo Álvarez. En ese incidente, la perra irrumpió a la hora del recreo y atacó al niño, que estaba sentado en el pasto, junto a sus compañeros, provocándole heridas mortales. Desde entonces, las autoridades han estado intentando localizar al animal, pero hasta ahora no habían tenido éxito.

Blanca pregunta qué medidas se están tomando. *Ninguna*, dice Jorgelina. *Ninguna, ninguna, ninguna.* Hace silencio para escuchar a la reportera.

–Las autoridades han intensificado la búsqueda de la perra que en este punto es extremadamente peligrosa. Están solicitando la colaboración de la comunidad para localizar al animal, exhortando a los vecinos a mantenerse en alerta y reportar cualquier avistamiento. La perra podría estar herida y por eso más agresiva, si es eso posible. La policía y los servicios de control animal de la Intendencia del municipio están recorriendo la zona, y también se ha pedido a los vecinos que aseguren a sus mascotas durante estas horas.

Blanca comienza a despedir a la reportera y Jorgelina apaga la televisión. Tiene taquicardia. Se levanta del sillón y va al fondo. Casi corre. Siente húmeda la cara. Está llorando. Busca desesperada a la perra. La llama. Silba. Junto a la garrafa no está. Tampoco junto a la puerta.

Ve.

Ve más allá un rastro en la vereda del fondo. Es sangre.

Corre en dirección al galpón. Mira por la ventana. La ve. Acurrucada en el rincón, temblando. El cuerpo cubierto de sangre. La boca. El pecho canoso. De un pechazo abre la puerta, porque no cabe por el hueco de la pared. La perra se asusta con el golpe, pero luego la mira y gime, bajito. En el noticiero dijeron que le pegaron un tiro, pero ella ve, de lejos, que la bala debe haberla rozado. Tiene la oreja izquierda sostenida apenas por un pedacito de carne, y el ojo en una masa sangrienta.

–Quedate acá –dice Jorgelina, y corre de nuevo a la casa a buscar el botiquín y toallas. Vuelve, se sienta junto a la perra, con los dientes abre una bolsita de suero fisiológico.

Las manos le tiemblan. Las piernas, a pesar de estar en el suelo, también. La perra la mira con el ojo sano. También su piel vibra, entendida. Jorgelina le pide permiso. Dice, *permiso, chiquita, permiso*. La perra baja la cabeza. Pareciera que no tiene fuerzas. Le apoya una mano sobre el lomo húmedo de sangre, y con la otra deja chorrear el suero sobre la oreja desgarrada. Piensa que no puede quedarse así, con eso colgándole. Se va a infectar. Se va a infectar. Mira alrededor. Ve la tijera de podar que usa en primavera en los arbustos del frente. La agarra. La perra mira cada movimiento. Pareciera que sabe lo que la mujer va a hacer. Aprieta el ojo sano y con la fuerza de ese gesto una gota espesa de sangre sale del ojo herido.

Jorgelina se arrodilla. Encaja las hojas de la tijera justo entre ese hilo de carne que mantiene la oreja unida a la cabeza. Calcula la fuerza.

–Te va a doler –dice, y cierra la tijera con fuerza. La oreja cae al suelo. El alarido de la perra le revienta el corazón y Jorgelina llora. Con ruido, con moco. Dice, *perdón, perdón, perdón*. La perra aúlla como un cachorrito herido. Jorgelina apoya la tijera en el piso de tierra, recupera el suero, sigue mojando eso que ya no es una oreja, que no es ojo, sino agujeros vacíos, herida abierta, sangre, negrura sin coagular. Moja, moja, moja hasta que no ve tierra y entonces aprieta con una de las toallas blancas que trajo de la casa el costado de la cabeza de la perra.

La toalla se le enchumba. La cambia. Agarra una funda de almohada y aprieta la herida. Se le enchumba. Se pone nerviosa. Se da cuenta. Piensa que es mucha sangre. Esto es mucha sangre y esta herida no es cualquier herida, es una herida de bala. No puede llamar a un veterinario. Todos la reconocerían. Tiene que llevarla a otro lado.

Jorgelina le pide a la perra que la espere. Que no se mueva. Que va a traer el auto. Corre. Tiene las manos, las piernas, los brazos pegoteados. Se sube al auto, lo deja junto al galponcito. Abre la puerta del acompañante. Agarra a la perra. La envuelve en un trapo que encuentra en el suelo para levantarla. El animal no ofrece resistencia. Está asustada, herida, cansada. La deja en el asiento. Ve cómo la sangre brota, y brota, y brota. Acelera.

Sale de un pueblo y entra a otro. Busca veterinarios en internet. El más alejado. El que tenga menos puntuación en los mapas de Google. El que tenga menos probabilidades de haber visto las noticias en las últimas tres horas.

Da con uno que recibe a la perra, pero no pregunta demasiado porque es urgente. Se la lleva. Le dice a Jorgelina que espere. Pasa una hora. El doctor vuelve con el delantal manchado de sangre. Como Jorgelina. Como el patio de la escuela. Como el patio del residencial.

—Está caída, pero va a estar mejor. Le puse varios puntos, le desinfecté la lesión ocular…

—¿La perdió? ¿Perdió la vista?

—La perdió. El globo ocular estaba reventado. Le estoy pasando antibióticos y calmante por vía. Sería bueno que pase la noche ingresada.

—¿Acá? —pregunta Jorgelina. No puede dejarla. No puede confiar en que no vaya a entregarla a la policía. Tarde o temprano se va a dar cuenta—. No se puede quedar acá.

—Es por el bien de su mascota.

—No es mi mascota.

Jorgelina ve la cara de confusión del veterinario. Se apura para explicar lo que acaba de decir.

–Es parte de mi familia. Y mis hijos la están esperando. Me la llevo, y me comprometo a vigilarla toda la noche. Si empeora, la vuelvo a traer.

–No lo recomiendo. Necesita los antibióticos y los calmantes. Las heridas que tiene no son moco de pavo.

–Me la llevo –Jorgelina se arrima al mostrador y saca el dinero para pagar. Paga. El veterinario la convence para que deje a la perra ingresada por unas horas más, y Jorgelina pone la condición de que pueda esperar junto a ella. Él accede por el bien de la perra. Las deja solas.

–Vuelvo en dos horas –dice–. Voy a estar acá en la tienda, al lado.

La perra, acostada en la mesa metálica, parece más chiquita. Se emociona un poco al verla así. Indefensa. Herida. Tiene afeitada la zona en la que el veterinario le colocó la vía. Una venda le cubre la mitad de la cabeza y tiene la boca entreabierta. Está tapada porque hace frío y la temperatura le bajó más con la anestesia. Todo su cuerpo está al mínimo. Jorgelina le recorre con el dedo índice la zona descubierta de la cara. Le acaricia la costra de sangre sobre las canas. Le dice, *perdoname, perdoname, perdoname.* Repite en su cabeza el momento en que la tijera terminó por cortarle la oreja. La imagen se le clava en el estómago. Espera sentada junto a la perra hasta que vuelve el veterinario y las manda a ambas de regreso a su casa.

***

En el mes de recuperación, en el que Jorgelina se ocupó de que la perra no fuera vista por nadie más que por ella, los vecinos no dejaron de hablar. Las teorías iban desde una simple coincidencia trágica a la evidente reencarnación del diablo. Jorgelina no hablaba del tema. Si alguien mencionaba a la perra o le preguntaba si la había visto ella no solo fingía no saber nada, sino que impostaba una realidad en la que ni siquiera recordaba de qué perra le estaban hablando. Aunque fuese, de hecho, todo en lo que ella podía pensar.

A los treinta y dos días, la perra pidió salir. Se dio cuenta. No había pasado hasta ese momento. El animal se acercó a la puerta, con la pata empujó apenas las tablas y la miró. Jorgelina dudó. Miró a la perra. A los ojos. En voz alta dijo, *no te lleves a nadie más*. La perra sostuvo la mirada y repitió el gesto de la pata contra la puerta. Entendió algo, que sintió adentro como una revelación triste. Algo profundamente urgente.

∗∗∗

La perra sale por la puerta. Jorgelina la ve. Ve cómo corre enardecida detrás de algo que no vale la pena averiguar. Se deja caer en el piso de tierra del galpón. Se mira las manos. Las uñas cortas, la piel seca. Se siente triste. Antes de irse llena de agua el tarrito de la perra y en otro le deja comida. Ya volverá, piensa. Ya volverá.

El marido sospecha que algo no está bien. Jorgelina está distinta. Duerme mal. Sueña. Habla dormida. Se despierta contracturada. Pasa la noche con las manos en posiciones dolorosas que él no logra aflojar. Ya no va después del trabajo a merendar a la casa de Sonia ni cocina comida casera para esperarlo cuando llega. Se baña poco. No se ríe como antes. Tampoco canta. Todo el tiempo está alerta. Se asusta si hay un ruido fuerte. Enciende las luces de toda la casa al entrar, y le pide que las apague solo cuando ella ya entró en la cama. No habla. Él no consigue descifrar qué es lo que está mal. Se culpa un poco. Piensa que el divorcio es inminente. Que Jorgelina no solo no lo quiere, sino que ya ni siquiera le importa. Y le da pena. Pero no siente que pueda hacer algo.

La perra demora dos días en volver. Pero vuelve. No está herida. La sangre que tiene alrededor de la boca no es suya. Jorgelina la encuentra temprano, antes de ir a la escuela. Está acurrucada en los trapos que le sirven de cama. Tomó el agua y comió la comida. Verla así le revive un miedo. Se acerca. Dice, *quién fue esta vez, cachorrita. Qué pasó esta vez. De quién es esta sangre. Esto tiene que parar.*

La perra la mira un segundo antes de bajar la cabeza para ponerse a dormir.

Una de esas noches, Jorgelina se despierta con un ruido. Un golpe, lejos. Se sienta en la cama. El marido ronca. Ella se arrima a la ventana y mira hacia el fondo. El galpón, iluminado apenas por la luz del porche. Noche. Silencio. Dos, tres, seis perros entrando al galpón a través del agujero de la pared. Quiere ir. Quiere entrar y unirse. Ser una perra también. Formar parte. Pero el marido se despierta, prende la luz y dice, *qué pasó.* Ella decide no perturbar el orden de las cosas y dice, *nada, oí algo.* Y se vuelve a acostar.

Los perros entran, se echan alrededor de la perra. La miran. Su trabajo de parto empezó hace horas. Pero los cachorros no nacen todavía. Y algo está mal. La perra lo siente. Lo sienten también los otros perros. Ella se queda tensa. Hace fuerza. Siguen llegando perros. Ya casi no entran en el galpón. Sale sangre. Nace el primer cachorro. No está formado. Parece una tripita con hocico. La cabecita deforme, color carne, sin pelo. La perra estira la cabeza. Con la nariz empuja eso que acaba de parir. Lo mueve de nuevo. El perrito malformado se llena de tierra. La perra lo lame. Con desesperación trata de limpiarlo. Un perro grande se levanta, agarra al recién nacido y se lo come. Dos mordiscos. Sangre, poca. Mastica la carne tierna y se va. La perra negra lo mira. Llega una nueva contracción. Son nueve los cachorros muertos, malformados, que nacen. No duran mucho en el suelo. Los nueve son comidos por la perrada. La perra negra queda exhausta. La placenta sale dos horas después. Ya no queda nadie para comerla así que se encarga ella, sola, de desaparecer ese rastro.

Jorgelina va a ver a la perra mientras el marido desayuna. Tiene adentro una sensación extraña. Abre de un portazo y la ve en el rincón de siempre. La tierra del suelo está revuelta. El animal no levanta la cabeza. Apenas abre los ojos para mirarla.

–Qué pasa, chiquita, chiquita –dice, y se arrodilla donde ya se arrodilló tantas veces antes para curarle las heridas, para hacerle compañía, para quererla–. Chiquita, ¿qué te pasa?

La perra la mira. Jorgelina le acaricia la cabeza, el lomo, la panza oscura. Las heridas cicatrizaron hace mucho. Sabe que eso no es lo que está mal. Se tira en el piso. De costado, al ladito de la perra. Con el dedo índice le toca los dientes. La perra se deja, le lame el dedo, lo muerde como los cachorros muerden palos y zapatos y patas de mesa. Pero la perra es grande. Y el dedo sangra. Jorgelina la deja hasta que le duele demasiado. Se envuelve el dedo en la remera y hace presión. La perra se reanima. Le da pena a Jorgelina retirarle el dedo, su cuerpo. Se lo daría entero. Desde esa perspectiva, en la tierra, oyendo la respiración de la perra, de su perra, Jorgelina ve a su marido detrás de la ventana. Mirándolas. Mirando cómo el animal se enternece bajo su tacto. Cómo sus manos están acostumbradas al animal. Y cómo el animal está acostumbrado a sus manos. El marido se queda un momento. Confundido. Mira. Hace contacto visual con Jorgelina. Vuelve a la casa. Jorgelina se queda un rato y después también se va. Está llegando tarde a la escuela y hay que servir el desayuno. Y antes tiene que vendarse.

***

El marido dice que el patio se está llenando de perros cada noche. Que es imposible dormir porque ladran todos y se pelean y alborotan al resto de las mascotas del barrio. Jorgelina finge. Trata de convencerlo de que está confundido. De que sueña cosas y luego mezcla con la realidad. Intenta con fuerza que él no sepa. Que no acceda a ese mundo que es suyo y de la perra. Pero el marido sabe. Porque vio a los perros algunas veces, mientras Jorgelina tuvo que hacerse la dormida. Ella sintió cómo él se levantó y miró por la ventana, y seguro vio lo mismo que ella. Tantas veces. Toda la perrada reunida en el patio. El marido se enfurece. Dice que hay que matarlos a todos. Que es sobrepoblación. Que van a tener mil cachorros y van a inundar el pueblo de perros. Y dice, *además vos sabés que no están bien, que hay algo perverso, algo maldito. Lo sabés.* Jorgelina se ríe. Su risa amplia, jocosa, burla lo que acaba de escuchar. Dice, *no seas tan estúpido. Perros nomás, son perros.* Lo repite muchas veces. El marido la deja hablando sola y cierra de un portazo. Jorgelina, parada en el cuarto, jugando con su mantra. *Perros nomás, son perros, perros, perros, perros, perros…*

***

Es 25 de agosto. La escuela, cerrada.

Jorgelina, con una certeza profunda que le atraviesa el cuerpo como una herida.

Abre la escuela. Entra por el costado, por la puerta que nunca está del todo cerrada. Hace lo que tiene que hacer. Lo entiende ahora. Sin ropa camina hacia el fondo. Siente un zumbido, la intuición materializada le vibra sobre la piel. Es un regalo. Ofrenda. Vida entregada a algo mayor.

Llega a la puerta corrediza.

Son como una horda organizada. Desde arriba se ve cómo avanzan con pequeños pasos de perro, uno detrás del otro, a una distancia que podría ser la misma distancia. Cuenta treinta y pico de perros caminando en el patio. Perros negros, blancos, marrones, chicos, grandes, de cuatro patas y de tres. Sin cola y con cola. Adultos, cachorros. Dibujan un círculo casi perfecto, rodeando a la perra negra que está sentada en el centro. Está concentrada en aquello que aparece en la puerta de la escuela. Jorgelina. Jorgelina desnuda bajando las escaleras de la entrada. Les silba y sí, ya no es solo la perra negra la que le presta atención. Todos levantan la cabeza. La miran. Vibran esos cuerpos enteros antes de venírsele encima.

Corren rápido y Jorgelina cae de espaldas. Se le abalanzan todos menos la perra negra, que se queda sentada a la distancia. Jorgelina abre los brazos. Recibe a los perros. Nadie escucha los gritos, es feriado nacional y la escuela está cerrada.

Es poco lo que sufre. Qué frágil es la carne entre esos dientes. Qué tiernita, qué blanda, qué poco importante.

CAMINAN DANDO SALTOS entre los cardos. Hojas secas se les pegan en las medias y las ramas les raspan las piernas desnudas, pero la piel en verano está curtida de picaduras y raspones así que corren sin estar atentas al dolor del chicotazo, sin pensar en la espina que acaba de enterrarse en el espacio tierno del muslo de Maia y que con la velocidad de su corrida le sacó un poco de sangre. No piensan en la posibilidad de pisar una víbora o un clavo o un cráneo de oveja o de vaca enterrado en la tierra que antes era barro. Atraviesan el espacio entre la calle y el arroyo sin pensar en nada que no sea llegar, meterse al agua, flotar por horas en la quietud de la orilla, hablar a los gritos en ese lugar secreto que solo conocen unos pocos y que saben que estará vacío.

La playa ya era chica, pero con la crecida se redujo a un espacio mínimo de arena junto al pasto. Al llegar dejan sus cosas junto a una piedra y se desvisten. Los trajes de baño listos para mojarse. Cuando inspeccionan el agua para probar la temperatura y la profundidad, que en arroyos como ese cambia de un día a otro, ven cosas desparramadas. Es una caña de pescar rústica, hecha con una caña tacuara y con la tanza enredada sobre sí misma y más al costado, sobre el pasto, un frasquito con lombrices secas. Pelean para ver quién la agarra primero. El anzuelo está oxidado y les cuesta un poco ensartar la lombriz en el filo. Resuelven turnarse.

Mientras una hace que pesca, la otra explora los charcos de la orilla. Se agacha al verlos. Son blandos y para agarrarlos hay que escarbar el fondo. Apenas se distingue la forma del cuerpo de la forma del barro, ambos marrones, viscosos, escurridizos. La pancita se hunde entre los dedos y parece que se fuera a reventar. Tripa y barro en las manos. Pero no, resiste porque es elástico también ese cuerpo, y los dedos ásperos y secos sirven para que no se vuelva a resbalar dentro. Tiene patas ya, atrás y adelante, y la cola floja se le desprende como un diente de leche. Con apenas resistencia. La cola, esa sí que se queda perdida para siempre. Al mirar el barro se distingue lo vivo de lo muerto por el movimiento y el brillo. Al moverse, los renacuajos brillan. Y entonces ella los agarra y los tira a la corriente. Hacen un sonido mínimo, un *blup* en medio de la corriente, que se lleva la tanza de la caña de su amiga. Por momentos parece que se hunde, pero no, es solo el agua jugando con la boyita.

Maia, que ya se aburrió de no pescar nada, se acerca a su amiga, acostada en las piedras, y le dice, vamos a hacer un experimento. Chupá la panza para adentro, ordena. Emilia lo hace apenas, porque es difícil hacerlo estando horizontal. Se acuerda del vientre movedizo de Shakira que ella nunca pudo replicar, a diferencia de sus amigas, que sí saben hacer olas con la piel. Con una mano revuelve la arena oscura de la orilla. Maia se queja. Te digo que chupes la panza hacia adentro porque si no el agua no cabe en el hueco del ombligo y sin agua los renacuajos se mueren y no cumplen su entera metamorfosis y se secan y es triste, dice. La otra hace el esfuerzo y de tanto que aprieta el abdomen siente que sus órganos se trasladan a su espalda. Los intestinos se abrazan como una víbora a la columna vertebral y Maia oye el ruido de las tripas de su amiga reacomodándose siguiendo su orden. El hueco que se abre en el vientre de Emilia se vuelve un ideal ecosistema para los renacuajos. Maia llena ese huequito alrededor del ombligo con agua barrosa y tira un par de renacuajos, que nadan sobre la piel y hacen que su amiga se ría por las cosquillas que siente.

Se aburren un poco de salvar renacuajos, de esperar, oír agua, agua, agua y ningún chapuzón. Pero piensan en qué otra cosa podrían estar haciendo y el aburrimiento se les va en la corriente. Las opciones son tan poco emocionantes que prefieren estar ahí, mirando nada, llenándose los ombligos de tierra y bebés de rana. Emilia se marea de estar tanto rato mirándose la panza y se incorpora. El agua de su antiguo hueco le moja las piernas y los renacuajos se quedan pegados al bikini. Los agarra con cuidado y los tira de nuevo al agua.

Vuelven a agarrar la caña y la clavan en la arena. Ya han perdido varias veces la carnada y con ninguna suerte. Mientras tanto juegan con las manos.

Las muñecas se doblan aquí y allá y suben y bajan y se chocan las palmas. El sonido parece una marcha acelerada. *Hueso duro, a comer, mermelada aceitada.* Se ponen firmes antes de balbucear todas las palabras casijuntas. Clavan los talones en la arena. Anoche fui a un baile, un chico me besó, le dije rubio tonto y todo se acabó, mi hermana tuvo un hijo, la loca lo mató, lo hizo picadillo y después se lo comió, el lunes por la tarde el chico regresó, con un ramo de flores pidiéndome perdón, se casaron por iglesia, se casaron por lo civil, se cincharon de los pelos y se fueron a dormir, una vieja mató a un gato con la punta del zapato, ¡pobre vieja, pobre gato, pobre punta de zapato!

Con el último choque de manos ven a la boya que se hunde, por eso corren y Maia agarra la caña. El movimiento hace que la tanza dé un tirón. El pez sale del agua y se retuerce. Maia lo hace balancear en el aire cada vez más cerca de ella, lo agarra, le quita el anzuelo rápido y con poco cuidado, lo que hace que parte de la mandíbula del pescado se desgarre y quede su boca partida y abierta. Sonríe. Le encanta ganar en todo. Emilia siente una mezcla de envidia y rabia por no haber sido ella la pescadora, y a la vez siente emoción porque ahora el día es distinto. Se llena de expectativa por su turno de pesca. Maia babosea a su amiga. Baila con el pez moviéndosele entre los dedos. Se le cae en las piedras y se tira de rodillas a levantarlo, antes de que con un salto vuelva al agua. Lo aprieta bien, se lo acerca a la boca, le da un beso en los labios de pez que boquea fuera del agua y se lo mete dentro del biquini. Primero en la parte de arriba. El pescado hace cosquillas sobre el pezón. Después lo saca y dice, mirá, mirá, mirá lo que pesqué. Baila en círculos, los pies trazan el recorrido del baile en la arena. Lo saca del bikini y arrastra el pez desde el pecho hasta el ombligo. Es áspera la piel escamosa contra la suya. Se lo mete en la bombacha y grita de la impresión. El pescado se mueve, quiere volver al medio, nadar, ser pez de nuevo. Maia estira el traje de baño con ambas manos para que no pueda escaparse por los costados de la malla y en ese gesto siente al pez entre las piernas. Emilia se ríe a los gritos y le dice, sacalo de ahí, asquerosa. Maia saca al pescado y se lo mete a su amiga en la bombacha. Ahora vos, le dice, y corre por la orilla salpicando agua. Emilia murmura algo, no sabe muy bien qué. Se ríe y un poco le da asco, pero luego siente un ardor que no le da gracia. El pez se escurre y siente algo hondo adentro. Mira a Maia con pánico. Le dice, creo se me metió. Maia se ríe a carcajadas. Dice, cómo se te va a meter, tarada. Y es cierto. No se le mete. Pero igual algo pasa porque Emilia grita, se saca la bombacha y se pone de pie. Hace fuerza como si fuera a hacer pichi. La mojarra, que estaba nomás enredada en los pelos, cae sobre las piedras. Maia la patea hacia el agua. La mojarra nada de costado, en la superficie, un poco lenta. No va a llegar muy lejos ni más allá de esa tarde.

Emilia siente una molestia el resto del día, mezcla de picazón y ardor. Se abre la bombacha dentro del agua y con los dedos acaricia entre sus piernas tratando de deshacerse de restos de arena o escamas. Pero la sensación sigue y Maia dice que a ella no le dejó nada. Y la molesta con que tal vez era un pescado venenoso. Emilia sonríe y juega en el agua, pero por dentro siente un miedo que no puede nombrar.

Salen del agua cuando les da hambre y se quedan un rato al sol, sobre la arena gruesa de la orilla, secándose. Juntan sus cosas y se llevan la caña que encontraron. Maia se la va a dar a su hermano a cambio de que la deje jugar en su computadora.

Se van por donde llegaron, pero ahora sin la urgencia de ir a alguna parte. Caminan lento, el pelo goteándoles frío en la espalda y en los hombros colorados por el sol.

Maia se broncea enseguida y la piel le queda de un color dorado oscuro y hermoso. Emilia no. Ella se queda roja y la piel se le cae de a pedacitos después de la exposición al sol. Un cambio de muda. También a su madre le pasa eso, por eso usa protector solar factor 50 y un sombrero de gran ala ancha que le hace sombra sobre el cuerpo.

Maia apura a Emilia. Le dice, caminá más rápido que nos vamos a perder el arranque de la novela. Hay posibilidades de que hoy, después de semanas, los dos protagonistas se den su primer beso. Él, un boxeador y bombero voluntario y ella, una mujer casada, rica e infeliz. No se la pierden nunca, pero Emilia no puede ir más rápido porque al caminar los muslos se le pegan y siente ardor. Dice, me duele, en serio. Andá yendo vos. Maia no se va. La espera y caminan más lento, mientras especulan sobre el beso de novela. Con o sin lengua. Con o sin interrumpimiento.

Las chicharras aturden y el campo se agita tranquilo, apenas una brisita corre entre los árboles y el pastizal. Es verano. Reina la sensación de eterna nada.

Esa noche, a pesar de que sí que hay beso y lengua y Maia está emocionada y le llena el teléfono de mensajes, Emilia no se logra concentrar. Siente incomodidad porque tiene ganas de hacer *pichí*, pero al ir al baño no le sale nada. Y la picazón. La picazón la vuelve loca. Se cruza de piernas, se descruza, se cincha el short. No hay caso. Pica, pica, pica. Recién al otro día, de noche, antes de ir a dormir, puede orinar. Pero se asusta y llora sentada, mirando entre las piernas hacia el agua del wáter. Ahí abajo, cuatro larvas diminutas se mueven en el agua. No se molesta en mirarlas nadar, en pensar si estaban antes o si salieron con su pichí. Tira la cisterna y se va corriendo a la cama.

Entre las sábanas se remueve un rato y lloriquea. Da vuelta la almohada varias veces, buscando fresco, pero lo que hierve es su piel asoleada.

No va a la casa de Maia y su amiga le manda un mensaje. Dice, *anoche estuvieron ringo y camila y te lo perdiste, sexyyyy mamá apagó y no me dejó terminar, mañana cpz repiten, venis?* Emilia no quiere ir. Le duele todo y está asustada. Le responde enseguida *Después busco el clip en la compu ahora estoy enferma :(*

Maia no contesta y a Emilia le salen larvas durante días. Siente que se muere de vergüenza. Cada vez que va al baño, algo le raspa y le duele, y las ve entre el agua amarillenta, cinco, seis cositas diminutas nadando en el cloro y la orina. Se hinca en el wáter y mete la cabeza para ver de cerca, el vapor de la orina sube por la nariz y aguanta la respiración. No son larvas, aunque parecen porque son chiquitas. Son peces. Mojarritas. Tira la cisterna y se asegura de que no quede nada. Necesita revertirlo todo. Detener la pesadilla. Pero cómo.

La llama a Maia cuando sabe que van a poder estar solas. Le cuenta del ardor, de las mojarras, de la vergüenza. Maia no le cree, pero miente y dice que sí. Que la ayuda, que va a guardar el secreto. Y es que piensa que eso es algo que no se le puede contar a nadie. Porque, además, sabe, es su culpa. En parte, por eso es que está tan dispuesta a ver, a ayudar, a investigar. Está segura de que no puede ser. De que es una mentira que tiene que aclarar antes de que se enteren los padres, que le van a decir que por qué se andaba metiendo un bicho entre las piernas, que está sucio y tiene enfermedades que uno ni se imagina y que es peligroso, encima arrastrar a Emilia a su ordinariez. Cuando su amiga termina de explicarle ella se ríe. Le dice, debe ser alguna otra cosa. Emilia siente tranquilidad por primera vez. Si ella lo dice debe ser cierto, es alguna otra cosa, piensa.

Emilia entra sola al baño y su amiga la mira desde la puerta. Con un gesto autoriza el acercamiento. Maia se hinca entre sus piernas, coloca el colador debajo de la vulva de su amiga, y dice:

–Dale, ahora sí.

Emilia deja que la orina salga. A pesar de que intenta direccionar el chorro, le moja las manos a su amiga y les da asco a ambas esa escena. Maia dice, dale, boluda, me measte toda, y Emilia pide perdón, aunque le da risa y sonríe por primera vez en días. Casi que olvida, por un segundo, dónde está y qué está haciendo. Pero se pone seria otra vez con la sensación de que algo raspa adentro.

Las mojarritas se quedan en el colador. Emilia pone cara de dolor cuando salen, y a Maia le impresiona mucho ver cómo emergen de entre los pelos. Trata de que no se le note, pero piensa que no conoce a nadie a quien le haya pasado lo mismo y que no se le ocurre a quién pedirle ayuda. Pero primero, las pruebas. Hay que saber de qué están hechos los pescados. Si son reales o son otra cosa, residuo de una menstruación temprana o algo más extraño.

Pero lo cierto es que ahora que las ve, a las mojarritas, saltando en el colador de la leche, piensa que no son ningún residuo de nada sino peces de verdad. Igual no lo dice en voz alta, para que Emilia confíe un rato más en que todo es una mentira. Los lleva a la cocina y los enjuaga bajo el agua fría. Con una mano los agarra y los coloca en la tabla de picar. Los mira de cerca. Los ojos redondos. El cuerpo que se contorsiona afuera del agua. La vida verdadera en eso que, ya no quedan dudas, no es residuo ni otra cosa.

Son de verdad, dice Maia, al final, y mira a su amiga con terror. A sus espaldas, sobre la tabla de picar carne y verdura que la madre de Emilia usa a diario a la noche, al dejar pronta la comida para el otro día, las seis mojarritas que Emilia expulsó están muertas. Maia les hizo diferentes cortes. Probó los huesitos que se deshicieron en polvo calcáreo bajo el peso de un meñique. Separó las aletas del cuerpo. Las colas. Las cabezas. Abrió barrigas de pescado diminuto y encontró tripas de verdad. Intestinos. Escamas. Emilia lloriquea del susto. Maia repite, Emi, son ciertas, son de carne y hueso.

Cuando Itatí nos invitó a formar parte de la comunidad me entusiasmé rápido y a Oliver lo convencí fácil. Una vida nueva. Nos ofrecían lugar para bioconstruir nuestra casa, agua potable y luz. Renuncié a mi trabajo en el vivero. Oliver derivó a todos sus pacientes. Regalamos nuestras cosas para minimizar el gasto de mudanza. Vendimos el somier y la televisión. Pensamos, allá no vamos a necesitar estas cosas. Allá vamos a estar juntos, lejos del ruido. En la paz. Pusimos una fecha y nos fuimos en un ómnibus interdepartamental con cuatro valijas y una cuna desarmada. Con apenas un mes de embarazo, estimamos que podríamos terminar de construir la casa antes del nacimiento de nuestro hijo. Que podríamos tener un refugio armado para ese momento. También decidimos, poco antes de irnos, que queríamos un parto natural y dentro del agua. Sin epidural. Ya lo habíamos visto en la tele. Era hermoso. Teníamos esos sueños. Íbamos a tener más, cuando llegáramos a Aiguá. Una huerta. Un horno de barro. Aprender tantas cosas. Fuimos. Pasajes de ida, apenas unos ahorros en las cuentas bancarias y la incertidumbre aplacada por la certeza de haber tomado una decisión.

Itatí nos dejó quedarnos en su casa mientras construíamos la nuestra. Fueron semanas largas y arduas de mucho trabajo y aprendizaje. Nosotros no sabíamos de bioconstrucción, pero John, Erik, Milton, Jorge, Pablo y Ulises nos enseñaron. Milton y Jorge fueron la fuerza para acarrear materiales de acá para allá, con el carro atado a la yegua. El resto, ayudantes de Ulises, el experto. Cuán húmedo debe estar el barro, la cantidad de paja, la forma de colocar una capa sobre la otra y el tiempo de secado. Cuántas botellas de vidrio hacen falta para que entre una buena luz. Cuántas ventanas para que no se comprometa la estructura. Él era el encargado de supervisar la construcción de nuevos hogares, y había supervisado ya el trabajo de una docena de casas de la comunidad. Como el trabajo ya estaba empezado y siempre hay paredes a medio hacer alrededor de las que ya existen, la construcción estuvo lista en dos meses. El clima acompañó. Una conjunción divina que ayudó a que el barro secara nos dejó con un techo construido a seis, ocho, diez manos. Empezar a dormir en nuestra casa, cobijados por estas paredes, tan alejados de todo lo que habíamos forjado en la ciudad, nos hacía sentir chiquitos, aventureros y extrañamente acompañados por toda la gente que apenas empezábamos a conocer.

Durante ese periodo corto, pero a la vez agotador de construcción con Itatí cocinamos para todos, hicimos jugos con las frutas de los árboles de Ivette. Pasamos las tardes con las manos llenas de barro, ayudando poco, pero riéndonos mucho.

Alejada de las casas crece una isla de coronillas. A lo lejos parece un pequeño monte, pero al atravesar la espesura de las ramas bajas, en el centro, hay un claro de tierra negra y blanda. Me gusta.

De noche, con Oliver aprendimos a soñar. Cuando nuestro hijo cumpla dieciséis años podemos empezar a enseñarle a construir su propia casa, acá, dice él. Yo le digo que sí. Y que mientras tanto podemos construir un consultorio. Y ampliar la huerta de Ivette. Le cuento de la isla de coronillas y del claro de tierra oscura, de que quiero hacer una huerta secreta para sorprender a todos con canastas de verduras de estación y flores. Que los árboles protegen el centro. Parece un invernadero natural, digo. A Oliver le encanta la idea. Promete ayudarme.

El olor de la lluvia nos excita a todos por igual. Las hormigas voladoras zumban en el aire y se me enredan en el pelo. Es nuestra primera tormenta desde que llegamos. El verano ha sido muy seco. A lo lejos, al sur, unos nubarrones oscuros chupan la luz del día. John habla a los gritos mientras Ivette entra sus plantas a resguardo.

–*Hurry up, leave those palos there, we don't need 'em, che, wrap it up, ustedes, come!* –Los pelos colorados de John se agitan con el viento que empieza a levantarse. Asusta un poco la fuerza de las ráfagas y la oscuridad repentina de las nubes subidas sobre nuestras cabezas. Los truenos y la estática nos hacen erizar. Se corre la voz de que hay que ir a lo de Ivette, que la lluvia no es solo lluvia sino tempestad. Así que vamos. Hace horas que se fue la luz y que el viento empezó a volarlo todo. Ivi es la única persona de la comunidad que tiene una casa de ladrillos y techo de hormigón que oficia de refugio cuando hay tormentas tan potentes como esta. Los niños no dejan de llorar y no hay forma de apaciguarlos. Los adultos solo miran la tormenta en silencio. Las lámparas a batería apenas aguantan. Estaban descargadas. Se lamenta Ivi de no haberlo previsto. Trato de sobarle la espalda y decirle que no había cómo saber que iba a ser tan fuerte, que ni siquiera los pronósticos lo vaticinaban. Ella me dice, en un español afrancesado, que no cosechó las frutillas y que deben estar todas rotas por el chaparrón. No importan las frutillas, Ivi, importa que estamos bien y al resguardo, digo. Ivette me dice que ya sabe eso pero que iba a hacer una mermelada con esa cosecha. No termina su réquiem y el silencio se vuelve más silencio cuando afuera alguien se pasea por el campo. Vemos la sombra pasar por todas las ventanas. Una silueta apenas visible por la lluvia y el viento.

—Hay alguien afuera —digo. Ivette me pone su dedo índice sobre los labios y dice, chst, alguien no, que no miren los niños.

Los truenos y relámpagos parten, iluminan, rompen la noche. Me pongo inquieta ante la tranquilidad del resto. John aparece de la pieza del fondo y coloca tablas contra las ventanas. Dice, *just in case it hails, you never know.* Apoya los tablones y ya apenas entra el resplandor del rayo. Me acerco a John, que junto a Ivette son quienes han vivido más tiempo en el cerro y ya conocen estas tormentas, estas piedras, estos valles.

—John, ¿quién era ese que vimos? ¿Lo han visto antes? ¿Vive cerca?

John niega con la cabeza y se asegura de que nadie esté escuchando nuestra conversación antes de decir, alguien, no, *something else*. Busco a Oliver a través de la penumbra. Está dormido con la cabeza caída sobre el pecho.

Aiguá significa agua que corre. La mañana después de la tormenta, el campo amanece inundado. Se encharcan nuestras pisadas en el pasto. Las casas resistieron el temporal y eso nos hace abrazarnos con alegría. Nos sorprende la fortaleza de los hogares que construimos con nuestras manos. En nuestra casa, se abrió la puerta con el viento y entró agua. Poca, porque el piso está desnivelado y en subida. Se volaron mis libros y mis hojas. Nuestra ropa está caída en el suelo. Ivette y John me ayudan a limpiar y a reparar la puerta. En menos de dos horas, todo está igual que antes. Es mi parte favorita de este lugar. Tropezar y no tocar jamás el suelo húmedo y que todo el mundo sepa enseñar y reparar.

Milton y Jorge llegan corriendo y a los gritos. Que la yegua no está en su refugio ni por ninguna parte. Que ella se escapa pero que no se va lejos, y que ahora no aparece. John trata de tranquilizarlos. Son los más chicos del grupo. Llegaron un día a pie, me contó Ivi, y se quedaron. John les dice: *she'll be back*, esperen. Pero los muchachos se miran y hacen que no con la cabeza, antes de avisar que van a salir a buscarla.

Aprovecho el agua de la tormenta para iniciar mi proyecto de huerta sorpresa. Voy a las coronillas y, con la pala que me prestó Ian, empiezo a mover la tierra enchumbada por la tormenta. Me detengo casi antes de empezar. Hay huesos. Están envueltos en una sábana gris. Los miro con asco, los toco apenas y llamo a Oliver, que da vueltas entre los árboles inspeccionando las ramas espinosas. Estudia su grosor para poner hamacas para niños. Oliver me dice que vuelva a poner la tierra, que si están en una sábana seguro es una mascota de alguien. Es cierto. Me dio pena haber perturbado el entierro. Me muevo unos metros hacia el centro. Más huesos en sábanas. A la derecha, huesos, a la izquierda, huesos. Todo el claro es un cementerio de animales.

Itatí nos viene a buscar. Llega agitada, como si hubiese corrido. Dice, mientras el pulso se le normaliza, que el claro está restringido. Que no es buena idea caminar por ahí por la cantidad de espinas de los árboles que terminan enterradas en el suelo.

–Hay huesos, Tatí –digo.

Ella dice que no y luego que sí y después aclara que son huesos de perro, que hubo una epidemia de la enfermedad de la joven edad y que todos los perros de la comunidad murieron. Y que por eso no se pueden traer animales al cerro. Porque la enfermedad sigue en nuestras cosas, contaminando. A Oliver le da mucha pena, lo veo en su cara. Él quería tener un cachorro. Itatí mira la tierra revuelta del claro y nos dice que nos adelantemos, que ella se va a quedar un rato más recuperando el aire.

La primera noche fueron finos y cortos. Amanecieron enredados entre mis dientes y Oliver me convenció de que eran pelos del asado con cuero de jabalí que habíamos comido la noche anterior. Le creí. Habíamos fumado mucha marihuana y comido esa carne con voracidad. Me costó sacarlos y me sorprendió cómo no me di cuenta al acostarme. Hice varios buches de agua hasta limpiarme, pero la sensación de tener un pelo en la boca me acompañó el resto del día. Imagino que el asco tiene que ver con mi embarazo, que también hace que me duela el cuerpo, los tobillos, la espalda.

Me gusta pensar en ese día en el que creí que eran pelos de jabalí y que sí, el asco era por romper mi dieta vegetariana, por comer de la carne de otro, por la marihuana mal fumada, por el humo que tragué. Ese día en el que tan pronto me olvidé de los pelos entre los dientes. Estuve equivocada sin saberlo. Durante casi veinticuatro horas, las últimas en las que pude pensar en otra cosa, estuve tranquila. Pero después no, porque los pelos vuelven cada mañana. Están alrededor de la lengua y hacia abajo en la garganta. Me levanto, corro hacia afuera y me induzco el vómito. La bilis se mezcla con una maraña de pelo, ya no corto y fino, sino largo y grueso. Me asusto. Me asusta mi bebé. El cansancio muscular de las arcadas. Las manos me tiemblan.

El invierno en el cerro es duro. Muertos los sonidos de pájaros, agua y voces, todo es reemplazado por la ráfaga constante, helada, soplando detrás de la oreja. Este es el punto más alto del país. Hace más de diez años que por las noches nieva. Ivette y John son testigos de ese cambio en el paradigma climático de este país subtropical. Las casas de barro nos cuidan del hielo. La temperatura de la tierra es tan estable que parece siempre tibia, un pedazo de tejido vivo cuya sangre caliente cuida la nuestra, que siempre anda enfriándose. Afuera está tan frío que vomito en un balde, en un rincón de nuestra casa. Los pelos largos me inducen una arcada detrás de la otra, que no acaban hasta que el último pelo sale de mi garganta. Estoy cansada del sabor áspero y duro de los mechones contra mi lengua. Pero no sé cómo hacer que pare. La rutina de la mañana se basa en vomitar y mirar el campo mientras el asco se diluye en la primera luz del día y mi bebé se despierta dentro de mí. Lo sé cuando se abulta su cuerpo a través de la piel fina de mi barriga. El amor que siento cuando eso pasa no se compara con nada. Paso mi mano por la piel marcada. Mi bebé.

A veces, antes de que amanezca del todo, veo a alguien caminar entre las coronillas. Allá donde no volvimos. El cementerio de perros muertos de joven edad. Me pregunto si es la misma persona que vimos el día de la tormenta. Cuando la veo la nuca se me eriza y mi bebé se revuelve como nunca. No sé si es excitación o miedo.

En la mañana, Oliver me deja sola. Sé que se asusta de los pelos de mi garganta. No hemos visto un médico ni le hemos dicho a nadie más. Es difícil de explicar. Generación espontánea de pelos sueltos en la boca, esófago, estómago, intestino. Los que molestan son los del esófago y la boca, que me ahogan cuando abro los ojos. Itatí me ve cansada y ojerosa y no sabe qué es lo que me pasa. Está preocupada, y ronda alrededor con Anahí, que es médica y obstetra y será quien reciba a mi hijo, acá, en el campo. Yo digo que es el parto. Esta panza que me pesa y no me deja dormir bien. No las convenzo, pero sirve para alejarlas un rato.

Preparan una piscina para mi parto. Es primavera, dejamos atrás la nieve, el hielo y el viento y ahora las golondrinas vienen a refugiarse en nuestros techos de paja. Los hombres cavan, entre las casas, un cuadrado apenas hondo. Miro cómo trabajan desde la ventana de la casa de Tatí. Erik se seca el sudor de la frente con la camiseta. Trajeron una lona del pueblo, para aislar el agua de la tierra y poder llenarla. Pablo rezonga a los hijos de Anahí, que corren cuando la piscina está llena de agua y piden para chapotear dentro.

Estoy acostada con Itatí y Anahí cuando empieza el trabajo de parto. Bernhard, que tiene una camioneta, es el encargado de manejar por si hay una emergencia y hay que ir al hospital. Anahí le grita por la ventana para que se prepare mientras cuenta el tiempo entre una contracción y la otra. Itatí me sostiene por la espalda y llama a Pablo a los gritos, que da aviso al resto.

Dos horas después me meten al agua. Estoy dilatada y Anahí me repite como un mantra, hermosa, estás bien, están bien. Me tranquiliza su tacto y la respiración nerviosa de Oliver en mi oído. El dolor desgarrador me ciega. Veo negro y después nada.

Oliver es quien completa el vacío de ese momento. Solo me acuerdo de estar sumergida. Ver a Anahí arrodillada dentro del agua. Ver a Ivette abrazada a John, en la orilla, y más atrás mucha gente más. Bernhard con la camioneta enfilada hacia el camino. Ulises, atento. Más acá, Tatí y Pablo, emocionados. El tacto de Oliver en mi espalda, sosteniéndome. Me acuerdo de sentir cómo mi cuerpo se disolvía. Y después un dolor nuevo, grande, de mis piernas abriéndose en un ángulo abyecto. Pero solo podía ver el dolor. No sé qué pasó después. Oliver dice que fui la última en darme cuenta. Que demoré horas en ver bien y que en esas horas lloraron todos una angustia fierísima. Que tenía los ojos velados. Parecías ciega, dijo. Anahí, Erik, Ivette, todos estaban cerca. Y al verlo nacer, dice Oliver, antes de saber qué estaba pasando, entendí por los gestos de Itatí y Pablo. Te lo entregaron porque lo pedías a los gritos. Te lo dieron envuelto en una toalla enchumbada en agua y sangre. No parecía un bebé y a la vez, parecía un bebe. Oliver dice, no sé cómo explicártelo, pero Anahí dijo que al nacer respiraba, pero que se ahogó con algo que traía ya dentro de la boca. Empieza a costarme respirar. Seguí, le pido. Oliver me agarra las manos y me aprieta con fuerza. Cuando te lo dieron el corazoncito de él ya había dejado de latir, dice. Siento que estoy muriéndome. Que hay algo adentro que está haciéndome fuerza en el tórax. Algo expandiéndose tanto que hace que mis pulmones y mi corazón se vuelvan tripa licuada. Por qué no parecía bebé, Oliver, es nuestro bebé, nuestro bebé, Oliver. Me oigo suplicarle, pedirle que me diga que es mentira. Que el bebé duerme con Itatí. Que está abrigadito en algún regazo que no es el mío. Pero Oliver me agarra la cara. Me mira a los ojos. Dice, nuestro bebé nació cubierto de pelo, y se ahogó, dice Anahí, porque por dentro también estaba lleno de pelo. Me dice que lo sepultaron en la isla de coronillas. Me enfurece que comparta tierra con los perros. Se lo digo. Oliver llora y dice, no, perros no. Perros no, mi amor. Las lágrimas del padre de mi hijo me mojan el pecho. Quiero gritar o morirme. Acompaño su llanto, aunque sé que Oliver no me lo cuenta todo.

Días después sé del ataque de Itatí. Nadie me lo cuenta, pero oigo una conversación entre Erik y Pablo a través de la ventana abierta. Erik le pregunta a Pablo cómo sigue Tatí. Pablo dice, es muy fuerte esto, de nuevo. ¿Vos te acordás de cómo fue lo nuestro? Igualito. Tatí está hecha pelota. Jorge y Milton la están haciendo entrar en razón. Erik, vos la viste. El otro día, al lado de la piscina, me la tuve que llevar a rastras. Se transformó, vos la viste. John me ayudó a entrarla a casa. Incluso después de trancarla adentro se escuchaban de lejos los gritos de no, de no puede ser, el llanto que yo le había sentido solo cuando lo nuestro. Cree que es la culpa de ella porque fue ella la que los invitó a venir. Yo le digo que hay cosas que pasan en cualquier lugar, en cualquier tiempo. Pero ella dice que es algo del cerro. Que algo pasa acá. Erik dice que sí y después agrega, Oliver me contó que al llegar desenterraron los huesos, sin querer. Se oye el silencio. Pablo dice, no se lo vayas a contar a Itatí. No le digas nada de esto a nadie, Erik.

Itatí ya sabe, pienso. Fue ella la que nos encontró con la pala en la mano.

Siento la mirada de Itatí en el campo, a veces, sobre mí, pero cuando la busco ya no está. Cree que la culpo. Me lo dijo Pablo una noche en la que nos encontramos fuera de mi casa. Agradecí que me lo contara y no le dije que lo escuché hablando con Erik. No he hecho nada para aliviar la culpa de Tatí. Me hace bien estar así, apariada, invisible, revolcándome en el ardor y el egoísmo. El único que me dirige la palabra durante el día es Oliver y lo hace para confirmar que sigo acá.

El fuego nos transforma a todos. La que falta es Lara, que se encerró en su casa porque la madera de esta noche es de aruera y ella, por más buenas tardes, buenas noches señora aruera, por más ungüento y protección, apenas siente el humo se brota y le cuesta respirar. El resto, que no somos alérgicos, nos acomodamos en una ronda inmensa. El tacto magistral de Ian, un ingeniero agrónomo argentino que llegó hace años a Uruguay, nos induce a un trance. Tiene la voz honda y herida como si fuese un fumador. *La tarde se ha puesto triste, y yo prefiero callar, ¿para qué vamos a hablar, de cosas que ya no existen? No sé para qué volviste, ya ves que es mejor no hablar, qué pena me da saber que al final, de este amor ya no queda nada, solo una pobre canción, da vueltas por mi guitarra, y hace rato que te extraña, mi zamba para olvidar.*

El muñón de Bernhard golpea sobre el bombo legüero y hace un sonido hondo sobre la lonja, que acompaña con la otra mano y el palillo. Clave de zamba. Qué ritmo tiene el gringo, le bromean a veces. Bern ama el candombe, la milonga, y si no hubiese nacido en Alemania diría que lo lleva en la sangre. Los hijos de Anahí lo miran con ojos de amor. Son sus aprendices, futuros maestros de percusión y luthieres. Antes me daba asco ese trozo de mano de piel tensa, roja y embutida. Ya no. Mi asco está reservado para otra cosa.

Busco a Oliver con la mirada. Habla, más allá, con Jorge y Milton. Hace días que vienen los dos a mi casa a tomar té. Sé que intentan que vuelva a acercarme a Itatí. Perdieron a su yegua como yo perdí a mi hijo: de una forma inexplicable.

Tatí está acurrucada entre las piernas de Pablo, y mueve la cabeza a un lado y otro acompañando la canción, que, siento, me despega una cáscara que había conseguido construirme. *No sé si ya lo sabrás, mi vida se fue contigo.* Me levanto de golpe y me doy cuenta de que Ian amaga a parar de tocar. Le hago que no con la cabeza, sorteo los troncos que nos sirven de bancos y enfilo hacia mi casa. Sé, sin darme vuelta, que Itatí viene detrás de mí.

Entro a mi casa y dejo la puerta abierta. Me siento en un almohadón mientras Itatí me alcanza, entra, y cierra la puerta detrás de ella.

—Perdoname.

—No es tu culpa —le digo, aunque adentro siento otra cosa.

—No, pero te traje acá y esto es culpa de este cerro.

—No es culpa de nadie. Lo único que me hace mierda es que no me hayas contado de tu parto. Ni siquiera supe de tu embarazo. ¿A quién ibas a elegir de madrina? Me enteré por Pablo.

—¿Te dijo él? —Lo que le digo la descoloca. Me doy cuenta.

—Lo escuché hablando con Erik.

—Nadie sabe. Y los que saben, juraron no contar la historia nunca. No era algo para contarte por teléfono.

—Tampoco me lo contaste al llegar acá —retruco.

—Es doloroso.

—Ya sé.

—¿Estás mejor?

Levanto los hombros en señal de derrota.

—Los pelos pararon —digo.

—¿Y el asco?

—No.

—Masticar hojas de menta me ayuda cuando es insoportable —me sorprende que sepa del asco y luego pienso que somos cada vez menos distintas.

–Me dan ganas de arrancarme el cuerpo –me río. La sensación es esa. Querer estar por fuera de la piel. Me sorprende el sonido de mi risa. Suena tan lejana.

–Ojalá pudiera aliviarte –dice Tatí. Está a punto de llorar.

De lejos oímos los aplausos del fin de la canción. La llamo con un gesto. Itatí se acuesta sobre mí y me abraza como nos abrazábamos antes de todo. Los vientres unidos, los brazos caídos junto a nuestros cuerpos. Amanezco con el brazo dormido, aun bajo el cuerpo de Itatí, que me aprieta fuerte. De tan cerca, le oigo el corazón. Mi ropa huele a humo. Por primera vez en meses, el asco demora un rato en llegar.

Hace un año que Oliver se fue. Aunque intento, no puedo culparlo. No supe seguir. Él creyó que era algo temporal. Esperó con paciencia mi sanación para que yo volviese a ser como era antes. Y el antes, para mí, estaba tan, tan lejos. También el futuro. No quise su sexo, su amor, su ternura. Lo rechacé hasta el cansancio. Oliver quería volver a probar. Un hijo. Quiero un hijo, decía, llorando pegado a mí, con una erección dolorosa contra mi pierna. No pude. Él tampoco pudo. Volvió a la casa de su madre y yo me quedé. Lo culpo por quererme tanto. Por hacerme sentir responsable de una reciprocidad imposible. Lo extraño, a veces, aunque cada vez menos. Trató de volver en dos ocasiones y no se lo permití. No hay que ahondar en ciertos lugares, él ya debería haberlo aprendido.

La comunidad es cada vez más un pueblo sin nombre que funciona mejor que cualquier ciudad. Hay más gente, más casas, más niños. Fabricantes de bicicletas, instrumentos, miel, queso, ladrillos. Me mudé con Ivette y John, al cuarto que tenían libre para almacenar madera en invierno. Estar sola no me hace bien.

Los inviernos son cada año más duros y cuesta más sostener el ritmo de la vida. Parece a veces que el cerro nos quiere expulsar. La nieve espesa aletarga. Sigo levantándome temprano, movida por una sensación vieja. La isla de coronillas tiene su propio microclima. Por la ventana veo a veces a esas siluetas grandes caminando entre los árboles. A veces una, a veces dos, a veces tres. A contraluz se les ve el pelaje. El viento me arrastra las risas agudas de la infancia. Más de una vez intenté seguirlas. Correr inútilmente hacia la fuente del sonido. También Milton y Jorge oyen relinchos a veces. Los veo salir disparados hacia las coronillas, en vano. Un ejercicio agotador. Buscar lo que no está.

Itatí y Pablo también se fueron. El cerro no es para gente quebrada. También yo me voy a ir dentro de poco. Solo lo saben Jorge, Milton, Ivi y John. Trataron de persuadirme. Es tarde para eso.

Son jóvenes, hermosos, y están recién llegados. Ella tiene una panza redonda y abultada. Varón. Lo sé y ni siquiera se los pregunto. Los sigo hacia el monte de coronillas. De lejos, con prudencia. La veo atravesar los árboles con la pala en la mano. Me quedo retirada, entre los árboles, a la sombra. No les grito nada. Yo no soy Itatí, que intentó prevenir y no pudo. Han pasado tantos años. Ya está hecho y mañana ya me voy, lejos. Ella se para sobre la pala para enterrarla en la tierra. Salta un poco hasta que consigue meterla entera en el terreno. Hace palanca y la tierra sale disparada al aire. La veo taparse la boca con las manos y llamar a su novio. Apuntan al suelo. Mi hijo.

Esta edición de *Larvas*,
de Tamara Silva Bernaschina
se terminó de imprimir
en abril de 2025